edition keiper

Martin G. Wanko

Die Wüste lebt!

Der Tag, an dem Niki Lauda starb.

Mit einem Vorwort von Kurt Palm.

edition keiper

edition keiper – der Verlag am textzentrum graz
Besuchen Sie uns im Internet:
www.textzentrum.at | www.editionkeiper.at

literatur * nr. 1
1. Auflage März 2008
Lektorat, Layout und Satz: textzentrum graz
Umschlagkonzept und -gestaltung: textzentrum graz
Umschlagbild: Jörg Vogeltanz
Autorenfoto: Max Wegscheidler
Druck: Medienfabrik Graz GmbH
Bindung: Die Steirische Buchbinderei | Dietmar Reiber & Wolfgang Reimer OEG
ISBN 978-3-9502516-0-9

Gefördert von:

bm:uk

Die Angst des Trainers vor der Niederlage

Wer heute ein Theaterstück über den österreichischen Fußball schreibt, läuft schnell Gefahr, in den Niederungen des Kabarettismus zu landen. Zu naheliegend sind die Pointen, die sich einem angesichts eines Nationalteams aufdrängen, das in der FIFA-Weltrangliste in Regionen herumdümpelt, in denen auch die Kapverdischen Inseln, Litauen, Armenien, Guatemala und Zypern ihr fußballerisches Dasein fristen. Oder nehmen wir ein anderes Beispiel: Unsere Kicker haben 2007 so ziemlich alles verloren, was man verlieren kann, und damit meine ich nicht nur die Spiele der Nationalmannschaft. Und was sagt Hickersberger am Ende eines Jahres, in dem seine Nudeltruppe in zwölf internationalen Begegnungen gerade einmal sieben Tore erzielt hat: „Da ist etwas im Entstehen." Was genau im Entstehen ist, hat er leider nicht gesagt. Oder: In einem trostlosen Match verliert Österreich gegen England 0:1, und unsere Spieler verkünden bei der anschließenden Pressekonferenz mit stolzgeschwellter Hühnerbrust: „Wir sind nicht unzufrieden." Die Beispiele ließen sich endlos fortsetzen.

Da Martin G. Wanko aber zum Glück kein Kabarettist ist, obwohl er im deutschen Fernsehen einmal als solcher bezeichnet wurde, greift er diese naheliegenden „Wuchteln" erst gar nicht auf, sondern nähert sich seinem Thema über Umwege. Daher lässt er Hickersberger auch nicht am Spielfeld, sondern in einer Oase vor einer Wüsten- und Pyramidenkulisse beim Golfen über Gott und die Welt philosophieren. Während „Hicke" also den einen oder anderen (Golf) Ball versenkt, macht er sich so seine Gedanken über den Inhalt des „First-Class-Erkenntnis-Buches", das er im Stile der boomenden Ratgeberliteratur für den Orac-Verlag schreiben soll. Und wenn dabei auch Schlagwörter wie „Córdoba" oder „Färöer" fallen, gibt sich Wanko auch hier nicht mit billigen Pointen zufrieden, sondern stellt Fragen, die über den jeweiligen Anlassfall hinausgehen. Da erzählt dann Hickersberger von der Angst des Trainers vor der Niederlage, die durchaus existenziell sein kann: „Wissen Sie, wie das ist, wenn die so von hinten raufkriecht ... die Angst ... wenn der Nacken kalt ist, plötzlich die Kopfhaut nass wird." Kein Wunder, dass Hickersberger wenig später die Frage nach möglichen Analogien zwischen einem Fußballspiel und dem Leben stellt und dabei zu der Erkenntnis gelangt, dass das Leben, anders als ein Spiel, eigentlich nur Verlierer kennt, denn „gegen den Tod hat noch niemand gewonnen".

Natürlich wagt Hickersberger, der im Stück ja noch immer Trainer der österreichischen Nationalmannschaft ist, auch einen Blick in die unmittelbare EURO-Zukunft, die er in einem einzigen Satz zusammenfasst: „Europameister werden wir nie."

Was Wanko und Hickersberger zum Zeitpunkt der Entstehung dieses Stücks noch nicht wissen konnten, ist das Ergebnis der Auslosung für die WM-Qualifikation, die bekanntlich ein Wiedersehen Österreichs mit den Färöer-Inseln bringt. In der Wüste sagt Hickersberger ja noch im Brustton der Überzeugung: „Färöer kann kein zweites Mal kommen, nicht bei mir und auch nicht bei den 11 Jungs, die ich trainiere." Hier hat die Wirklichkeit dem Wunschdenken Hickersbergers einen Strich durch die Rechnung gemacht, und ich fürchte, es wird nicht der einzige sein in der sicher nicht mehr allzu langen Trainerkarriere dieses Mannes. Aber auch wenn Hickersberger als Trainer längst abgetreten sein wird – als Kunstfigur in Wankos Stück „Die Wüste lebt" bleibt er uns hoffentlich noch eine ganze Weile erhalten.

Kurt Palm, Dezember 2007

Die Wüste lebt!

Die Wüste lebt!

Monolog in 18 Szenen (ein 18 Loch-Golfkurs)

Bühne: Eine grüne Oase als Golfplatz.
Im Hintergrund: Die Wüste und Pyramiden. Ein Mann steht mit seinem Golfwagerl auf der Bühne, konzentriert sich auf den Abschlag. Der Mann ist als Scheich gekleidet, mit Sonnenbrille. Schaut irgendwie verkleidet und nicht echt aus.

I. Szene. Der Vorteil von Golf ist der Schläger.

Zum Publikum Aslama ... *spielt weiter* ... Aslama ... *immer weiter* ... sbachir ... *immer weiter* ... Inti Läbäs ... *spielt weiter* ... Äna Hicke ... *spielt weiter* ... Aslama.

Niemand spricht darüber, dass wir 5:1 verloren haben, gegen Holland. Vor Holland noch 0:1 gegen Italien ... die Itaker wollten nicht höher gewinnen ... ja, das weiß nur niemand, weil wir das nicht wissen wollen ... *sucht in seinem Cart herum, schaut welchen Schläger er braucht* ... so ist Golf viel einfacher ... präziser ... vielleicht machen es die Schläger aus, keine Beine mehr, keine Beinarbeit mehr, was im Grunde sehr vernünftig ist ... der Ball wird durch den Schläger präzise behandelt ... eines haben ja diese zwei Sportarten gemein: es sind Ballsportspiele, Rasenspiele je nach Platzverhältnissen ... und den Ursprung natürlich auch ... Schottland, England ... beides Inselsportarten, obgleich Inseln ... lassen wir das Thema lieber ... . So ... aber der Vorteil von Golf ist der Schläger. Für den Abschlag und die weiten Schläge, ab dem Bereich 140 Meter, auf dem Fairway, werden die Hölzer eingesetzt, das sind die längsten Schläger und haben den größten Schlägerkopf, und so auch die – weiß das wer – genau, die größte Reichweite … .

Ich hätte mir das nie antun dürfen. Schon beim Meistertitel in Hütteldorf hab ich gewusst, das dicke Ende wird erst kommen.

Schlägt ab.

II. Szene. Wo ist mein Caddie?

Und Tor? ... Nein, bitte nicht. Nicht für uns, nicht gegen uns. 1978, Córdoba, da hat ja schon ein Tor Unterschied gereicht ... aber bitte nicht Fußball, nein ... schon wenn ich daran denke, krieg ich's mit der Angst zu tun ... was soll man machen ... wissen Sie, wie das ist, wenn die so von hinten raufkriecht ... die Angst ... wenn der Nacken kalt ist, plötzlich die Kopfhaut nass wird ... warum der Kopf auch gleich immer so heiß wird ... keine Ahnung ... und darum Golf ... da hab ich meine Ruhe ... da spielt man im Grunde gegen sich, Golf beruhigt, macht ruhiger ... ärgert man sich, fehlt die Konzentration ... fehlt die Konzentration, ärgert man sich ... und da greif ich lieber zu meinem 5er Holz ... und schlag ab ... *zieht auf, schlägt, schaut dem Ball nach* ... 30 ... 40 ... 70 Meter ... so ein Schlag mein ich ... nicht Pass, Pass ... nein, nicht schon wieder Fußball ... mit Fußball kommt die Angst, aber was soll man dagegen machen ... '78, '78 haben wir keine Angst gehabt, '78 doch nicht ... als junger Mensch hat man keine Angst, die Angst kommt im Alter ... wenn nix mehr hinhaut ... aber so ein 70 Meter-Schlag

und alles eitel Wonne, da denkt man an nix anderes ... keine Angst, keine Sorgen, keine blöden Gedanken ... .
Bleiben drei wesentliche Fragen:
Wo ist mein Caddie?
Ist ein Golfball noch ein Ball, oder ein Kugerl?
Warum habe ich mir das angetan?

Ich hätte mir das nie antun dürfen. Man hätte mich nie fragen dürfen. Jetzt darf ich doppelt scheitern. Minus und Minus ergeben im Sport kein Plus. Im Leben wahrscheinlich auch nicht. Das ist nur in der blöden Mathematik so dumm. Warum war ich nur so blöd und hab „ja“ gesagt. Warum nur ... . Doppelt im Arsch ist ganz im Arsch.

Locht den Ball ein.

Wenn nur alles so einfach wäre, im Leben.

III. Szene. Über Fußball reden wir hier sicher nicht.

Sie müssen sich das so vorstellen: Ein Spiel hat immer Gewinner und Verlierer. Ja, werden Sie denken, da ist schon was dran – ist er jetzt blöd, der Hicke, oder spinnt der ... das wahre Leben ist gegensätzlich dem Spiel, es hat im Grunde nur Verlierer ... gegen den Tod hat noch niemand gewonnen ... und dadurch kann man auch rauchen und saufen, verliert man ja doch zum Schluss so oder so alles ... und darum braucht der Mensch das Spiel, und das ist so ... wenn es im Ernst nur Verlierer gibt, gibt es im Spiel nur Gewinner

... nur Gewinner und Fast-Gewinner ... der Fast-Sieg ist ja im Grunde fast so schön wie der Sieg ... dem Fast-Sieger geht's eigentlich gut ... dem ist niemand was zu neidig ... was denn auch, ich mein, fast gewonnen ist halt auch verloren, aber ihm bleibt auch die Illusion vom Sieg ... so schön ist das Siegen gar nicht ... siegen ist wie Sex, aber, hm ... dazu später ... ich meine, die Sympathiewerte sind auch ganz in der Höhe, wenn man knapp nichts erreicht ... aber verstehen Sie mich nicht falsch, wir reden hier über Golf, GOLF! ... Von mir aus können wir auch über Autos reden, oder Frauen ... ja, gerne, nur über Fußball nicht, über Fußball sicher nicht ... und mit Ihnen schon gar nicht ... nicht einmal privat mach ich das ... falls Sie das interessiert, wie ich wohne ... in Hernals war ich nie lange, Hernals hat mich nie interessiert, wer wohnt schon in Hernals ... als man den Ernst Happel gefragt hat, warum er denn Innsbruck-Trainer und nicht Rapid-Oberaffe wird, hat er gesagt, bin eh schon in Wien geboren, jetzt muss ich nicht auch noch dort sterben ... der war nicht schlecht, was? ... dort wo ich jetzt wohne, 20 Minuten westlich von Wien ... die Nähe zum Hanappi-Stadion ... das war halt alles so lange wichtig, wie vieles in einem Moment wichtig ist ... aber heute im Grunde vollkommen unwichtig ... dort, wohin ich geh ist so und so alles unwichtig, was sich hier abspielt ... dort war ich schon x-Mal Meister ... aber wo ich wohne, wollten Sie wissen ... dort werde ich auch nicht auf Fußball angesprochen ... aus einem ganz einfachen Grund: Ich geh dort nicht spazieren – weil das Grundstück groß genug ist, dass man nicht auf die Straße gehen muss, um einen klaren Kopf zu bekommen ... .

Ziel des Spiels, des Golfspiels: Es gilt, einen Ball, mindestens 42,67 mm Durchmesser und höchstens 45,93 Gramm schwer ... es gilt, den Ball mit möglichst wenig Golfschlägen von einer als Abschlag bezeichneten Fläche in Übereinstimmung mit den Golfregeln in ein 10,8 cm durchmessendes und in der Regel mehrere hundert Meter entferntes Loch zu spielen ... weil ...

... weil anders kann ich das alles nicht ertragen, ist mein Leben für mich absolut unerträglich ... warum man auch immer eine zweite Chance hat, sich zur zweiten Chance hinreißen lässt ... ich weiß es nicht, ich weiß es nicht ...

... ich brauch jetzt wieder das 7er Holz, man spürt im Alter die Sehnen, das Kreuz, beim Abschlag reißt es einen zusammen ... aber gelegentlich gelingt doch was ... wenn es auch nicht einfacher wird und den Grundsätzen des Lebens widerspricht, dem langsamen Verlieren und dem gleichzeitigen Zu sich-Kommen ... *schlägt nun weit ab und zählt mit* ... 30 ... 40 ... 50 ... 70 ... vielleicht ... knapp über 80 Meter und die Richtung stimmt ... ist einmal das Wichtigste ... wenn in diesem Land die Richtung stimmt, kann eigentlich nix mehr passieren ... dann ist man ein gemachter Mann ... Sie sehen das doch auch so, oder?

IV. Szene. Mit Hicke ist alles ein Drama.

Mit Hicke ist alles ein Drama ... ein einziges Drama ... eine Tragödie, nicht Drama ... keine Komödie, sondern eine Tragödie ... mit Hicke ...
Koncilia – Sara – Pezzey – Obermayer – Strasser – Hickersberger – Kriegler – Prohaska – Kreuz – Krankl – Schachner – Obacher.

Pezzey schaut von oben zu; was Krankl macht, wissen wir, er krankt mit Herzblut und röhrt, ähm, hört Musik, Schachner schmecken die Weißwürste auch schon lange nicht mehr ... was Strasser, Kreuz, Krieger machen, das weiß ich nicht so genau, der Starek hat eine Tankstelle, die sein Bruder leitet, aber die gehört da nicht dazu, und der Gustl auch net ...
Im Grunde ist das alles wie ein Sternbild ... *deutet mit* ... Koncilia schießt aus, Pezzey übernimmt, Pezzey flankt 40 Meter zu Krieger, der verlängert auf Krankl und zack – zack – zack – und bumm! Egal, ob er das Spiel verstanden hat oder nicht, er hat bumm gemacht. Der Spieler muss das Spiel nicht verstehen, der muss überhaupt nichts verstehen, er muss es nur erfühlen, erspüren, der Trainer spielt nicht mehr, deshalb muss er das Spiel verstehen ... er muss auch das Kartenspielen im Café Hummel verstehen, aber vor allem das Spiel am Rasen ... Pezzey – Krieger – Krankl ... zack – zack – zack – und bumm ... am Spielfeld versteht man das alles nicht ... am Schlachtfeld weiß man nichts vom Sieg, nichts von der Tragweite, nichts vom Leiden, das vom Sieg ausgeht ... was außer einem untragbaren Sieg hat uns Córdoba gebracht ... nichts ... kommt unerträglich von untragbar, ich weiß es nicht ... vom Mythos spürt man nichts, in dem Moment, in dem man ihn macht ... der Mythos kommt immer erst danach ... später, viel später ... schlimmer als der Sieg ist im Grunde nur noch die Niederlage ... .

Und so spiel ich lieber Golf unter Palmen ... wart auf meinen Caddie ... schau mir die Pyramiden an ... sehr schön ... und keiner spricht Deutsch, keiner kennt Córdoba, keiner kennt Hicke und keiner kennt irgendwas von uns ... das „uns“, wie mir das „uns“ schon auf die Eier geht ... das kann sich so und so keiner vorstellen

... und darum spiele ich Golf ... ein faszinierender Sport ... hab keine Lust mehr, den Ball mit meinen Füßen zu treten ... bin lieber Trainer, da tritt man die Kicker ... nein, nein, das war ein Witz, ich doch nicht, nur foppen lass ich mich von den G'frastern auch nicht ... beim Golfspiel muss ich mit meinen Händen arbeiten ... der Ball gehorcht noch nicht so, und das ist faszinierend ... *schlägt ab* ... weg, weg, weg, nein! ... Jetzt liegt er im Bunker ... hab ich das Malheur ... so wie jetzt eben, gehorcht der Ball noch nicht ... zumindest nicht mir ... und wenn man dann im Bunker drin ist, im Sand, am Sand ... dann spürt man, wie der Schweiß hochkriecht ... wie einen plötzlich der Schweiß befällt ... vom Kopf bis zum Fuß ... den Rücken rauf auf alle Fälle ... wie ein Zitteranfall ... zack und da ... von wo kommt dieser scheiß Schweiß her, das ist eine gute Frage ... wo sitzt die Angst, eine vielleicht noch bessere Frage ... die Angst sitzt auf der gedemütigten Seele ... dort sitzt sie, und dort kriegt sie niemand mehr weg ... und wenn einem der Ball dann nicht mehr gehorcht, kommt sie. Dann ist sie da, die Angst.

Abschlag.

V. Szene. 17:00 Uhr ins Café Hummel Kartenspielen.

Der größte Triumph, der größte Sieg ist immer gleich die größte Niederlage ... erst wenn man den Schatten des Sieges verlässt, kann man wieder befreit atmen ... Koncilia – Pezzey – Krieger – Krankl – zack – zack – zack und bumm. So ist der Sieg nicht weniger unecht als die Niederlage ... aber die Wahrheit stellt sich immer erst in der Niederlage raus ... .

Und so spiele ich Golf ... jetzt im Bunker ... für die kurzen Schläge rund ums Grün oder für sehr schwierige Lagen werden Wedges benutzt ... klingt ja wie die halbierten herausgebackenen Kartoffeln beim McDonald's und schauen auch so aus ... sie ähneln den Eisen, sind aber kürzer und haben mehr Loft ... zu einem Standardsatz von Schlägern gehören mindestens das Pitching Wedge, also die Pitsch Wetsch, wie man das so sagt, sowie das Sand Wedge, auch bekannt als Sendwitsch. Darüber hinaus gibt es noch das Gap Wedge und das Lob Wedge. *Macht einen mächtigen Schlag aus dem Bunker, spricht dabei fast abwesend.* Da kommt Krankl ... in den Strafraum ... Schuss ... Tooor ... Tooor ... Tooor … Tooor … Tooor … Tooor … I werd narrisch, Krankl schießt ein – 3:2 für Österreich! Meine Damen und Herren, wir fallen uns um den Hals, Kollege Rippel, Diplom Ingenieur Posch, wir busseln uns ab ... *Kopfschütteln* ... Hat der Idiot doch tatsächlich sechs Mal hintereinander Tor geschrien – so etwas muss man sich erst einmal vorstellen.

Schlägt ab. Sehr kurz.

Warum hab ich mich auf das Ganze eingelassen ... verdammter Mist ... ich bekomm's ja doch nicht weg ... ich hätt mich als König von Hütteldorf begraben lassen sollen ... Meister und abhauen, in die Wüste, kein Córdoba, keine Kathedrale, kein St. Hanappi, weil in der Wüste, wo ich jetzt auch bin, gibt's nur Moscheen, sehr witzig, was, ha, ha ... aber ich hätt mich auf das Ganze nicht einlassen sollen ... vielleicht überhaupt kein Fußball, Jus-Studium, Beamter in der 2. Reihe, und ab 17:00 Uhr gelockerter Krawattenknopf und ab ins Café Hummel, Kartenspielen, oder ins Café Museum auf eine Partie Schach, und vor Mitternacht Zähneputzen und ab ins Bett, damit eine Ruhe ist! ... Warum hab ich „ja“ gesagt, verdammter Mist ... ich hätte mich auf das Ganze nie einlassen dürfen ... einen Fleck kriegt man halt nicht weg, der bleibt, das ist schon in der Schule so, der Fleck im Zeugnis ist der Fleck im Zeugnis ... .

Schlägt ab.

VI. Szene. Die Möglichkeit einer banalen Existenz.

Der Trainer marschiert am Jakobsweg, der Spieler braucht nur einen anständigen Pass ... der Trainer referiert, der Spieler braucht nur einen Kopfstoß ... aber einen großen Nachteil hat der Spieler, er braucht immer einen Ball zum Spielen ... als Trainer hat man es einfacher, das Spiel passiert im Kopf, und ich muss nur reden ... mit dem Ball reden? Nein, nein ... mit den Spielern ... apropos Spielen: Ich höre immer wieder den Vorwurf, dass die Spieler gerade bei uns zu wenig kämpfen ... aber: haben Sie schon einmal einen Ball kämpfen gesehen? ... Wir spielen den Ball, es heißt Fußballspiel ... und nicht Kampfball, ich kann den Ball ja nicht einmal bekämpfen, ich kann den Ball ja nur spielen ... auch in Córdoba haben wir durch das Spiel gewonnen und nicht durch den Kampf ... weil bei uns führt der Kampf halt oft zum Krampf ... da heißt das Spiel nicht mehr Fußball, sondern Krampfball ... also haben wir auch in Córdoba gespielt ... und nicht gekrampft.

0:1 KHR ... wer ist das? Karl Heinz Rummenigge.
1:1 Berti Vogts.

2:1 Hansi K.
2:2 Bernd Hölzenbein.
Das ist auch ein toller Name, vor allem für einen Fußballer. „Hölzenbein", das muss man sich auf der Zunge zergehen lassen.
Und dann?
Richtig, 3:2 Hansi K.
2:1 Krankl und 3:2 Krankl, wenn man das weiß, reicht's zum universalgebildeten Österreicher. So einfach geht das. Und nix tut weh.

Und, was hat uns das gebracht ... Ihnen, mir ... Ihnen wahrscheinlich einen Vollrausch ... nehm ich einmal an ... der Altkanzler würde meinen: Das kann man so nicht sagen, aber ich meine: ein Vollrausch ist ein Vollrausch, also eine feine Sache, als Patriot so und so ... der Hansi hat dazu noch seine rostigen Flügel gegen einen Heiligenschein eingetauscht und hat dazu nicht einmal e-bay gebraucht.
0:1; 1:1; 2:1; 2:2; 3:2 ... ja und jetzt? Ich mein, im Spiel haben wir das gar nicht bemerkt ... das muss ich zu meiner Ehrenrettung schon so sagen ... da hat niemand ... da hat niemand am Platz gewusst, dass wir hier unsere Sozialversicherung fürs Leben abschließen ... und unsere Autos durchfinanzieren, manche auch das eigene Haus, manche sogar die Enkerln, ein bisserl halt ... hat im Spiel niemand gewusst ... da haben wir überhaupt nichts gewusst ... einfach die Unschuld gespielt ... was ja nicht schwer war, weil Schuld haben eh immer die Deutschen ... ich kann die Deutschen ja gut leiden ... aber was bin schon ich in Anbetracht der Masse ... ich bin ein einfacher Golfspieler unter sechs Millionen Teamtrainern ... ich Spieler, nicht Kämpfer.

Schlägt ab. Schaut wohin der Ball fliegt. Schüttelt den Kopf.

... Und das wäre es gewesen ... Jus-Studium und das zurückgezogene Leben als Staatsdiener ... grauer Staubmantel, Aktentasche, Straßenbahn, U-Bahn eher nicht ... nur nicht zu schnell halt ... und zu Hause gefüllte Paprika ... Inzersdorfer-Dosen mit gefüllten Paprika, Reisfleisch, Krautfleckerln, und einmal in der Woche ein gutes Kalbsgulasch oder ein Salonbeuschel, jeweils mit Serviettenknödeln, die im Kochbeutel, legt man dann ins kochende Wasser und nach 20 Minuten ... eine feine Sache ... was man halt so kocht, wenn man alleine ist ... und wenn die Chefin zugegen ist, dann Backhendl, Schnitzel, Zürcher Kalbsgeschnetzeltes ... vielleicht einen Tafelspitz, wenn's eine Rindsuppe gibt ... was halt die gute Frau so kocht, die mich da verwöhnt ... ich misch mich da nicht ein, nur nix Exotisches ... keine falschen Experimente am Küchentisch, das führt zu nix ... und dazu der pragmatisierte Jurist in der zweiten Reihe ... nie ein Bild in der Zeitung, dafür überall pünktlich ... die Möglichkeit einer banalen Existenz, aber nein ... ich wollt das halt nicht, und in meiner gottverblendeten Blödheit hab ich ein zweites Mal „hier!" geschrien, „Ich will noch einmal!" ... Zum Teufel, ich hab ein zweites Mal „hier" geschrien! ... Das muss man sich einmal vorstellen ... ja, so blöd musst auch erst einmal sein ... dabei war ich nicht einmal ein vorlautes Kind ... hätt ja damals außerdem nichts gebracht, vorlaut zu sein ... ein vorlautes Kinderl wäre nahezu unmöglich gewesen ... wegen was denn auch, hat ja nichts gegeben ... war ja nichts da, damals, nach dem Krieg.

Und jetzt hab ich mich noch einmal auf die Spitze vom Eisberg gestellt. Ohne zu wissen, wie kalt alles wirklich sein kann ... und der Fleck auf der Seele vergeht auch nicht durch Kälte, durch Kochen auch nicht ... warum tu ich mich mir das alles nur an ... das ist eine gute Frage.

Schlägt ab.

VII. Szene. Graue Wölfe & gelbe Hyänen.

Das Unvermögen tritt ja erst dann zu Tage, wenn man nicht mehr weiter weiß ... ein schöner Satz, muss ich mir merken ... den kann ich nachher, wenn alles vorbei ist, danach jedenfalls ... bei meiner First-Class-Business-Tour, beim „American Express"-Late Morning Jazz Brunch ... wenn ich beim Orac mein First-Class-Erkenntnis-Buch, mein Sachbuch rausbring, wenn alles vorbei ist, dann fangt's für mich im Grunde erst an ... gibt eh schon Anfragen, „Wege aus der Krise", „Ein Verderben kommt selten allein", „Freche Menschen haben keine Spiele", was weiß ich ... wenn wir das nur irgendwie in die Zwischenrunde schaffen, dann nenn ich den Schmarren „Die zweite Chance" ... sauf ma alle miteinander ab, bringen „wir" nix zusammen ... was dann? ... An und für sich wollt ich ja diesen Ratgeber „Wege zum Erfolg" nennen ... aber ... ja ... na ja ... aber da hab ich mir das kleine Land im Norden aus dem Kopf gedacht ... weggedacht, ausgelöscht ... es passiert ja, dass etwas vorhanden ist, so stark vorhanden ist, dass man es gar nicht mehr, dass man es gar nicht mehr merkt ... dass die Brutalität schon so normal ist, dass einem alles andere künstlich erscheint ... wenn ich da an meinen Ratgeber denke, dann will der Leser ja einfach mit mir gewinnen, in der Hoffnung, dass er dann auch wieder gewinnt ... der Leser interessiert sich nur so weit für meine Psychologie, solange sie ihm zum Vorteil gereicht ... das ist so, dagegen kann man gar nichts machen ... der will nur haben, dass wir gewinnen ... „wir" ... ich hab schon gewonnen, aber auch verloren ...

Nimmt einen neuen Ball aus dem Buggy.

Mich interessiert das ja nicht mehr, schon lange nicht mehr ... sonst wäre ich ja schon längst gestorben ... sonst könnt ich wohl kaum darüber reden ... na ja, aber einen Titel brauch ich halt und darüber reden muss ich auch, wenn ich mit meinem Ratgeber durch die Gegend ziehe ... Wien, Klosterneuburg, Fischamend, Unterpremstätten, Sinabelkirchen, Graz, und dann über die historische scheiß Südbahn wieder zurück in den zweiten Bezirk zum ÖFB ... wenn ich also diese ganzen „interessanten" Orte bereise ... wie nenne ich dann den Scherben, aus dem ich lese ... der braucht ja einmal einen Titel ... ein jedes Kind braucht einen Namen, das ist halt einmal so ... Córdoba geht halt nicht, da hab ich nicht einmal ein Tor geschossen ... die Insel im Norden will ich nicht ... das ist halt der menschliche Makel ... den habe ich übrigens auch gelesen, ist ja mein Lieblingsbuch, „Der menschliche Makel" vom Philip Roth (*spricht: „Rot"*) ... ein sehr gescheites Buch ... ich bin ja im Grunde gegen die englische Aussprache, die ist bei solchen Namen zu feucht ... Philip Roth ... th, th, th, spuckt man ja nur herum ... Rot klingt eh sehr österreichisch, wenn S' versteh'n, was ich mein ... so verstehens mich dann auch in der Buchhandlung besser ... das ist auch mit der Insel im Norden so ... man spricht sie nicht aus, wie man sie schreibt ... oder vielleicht haben wir sie schon eingedeutscht, weil wir sie so oft falsch aussprechen ... ein wei-

terer Grund, warum man einen Buchtitel nach Möglichkeit mit Wörtern betitulieren soll, die man auch so ausspricht, wie man sie schreibt: Sonst sagt ja jeder, ich hätte gerne das Dingsda vom Hicke, und wenn der Buchhändler dann nachfragt, sagt der Käufer „Genau das ist es", egal, ob es das nun ist oder auch nicht. Egal, mein Titel überstrahlt so und so alles: „Die Wüste lebt!" Gell, da staunts, was? „Die Wüste lebt!" Schon eine tolle Sache.
Wir notieren also: Der Ratgeber heißt: „Die Wüste lebt!" Eine gefährliche Angelegenheit, weil schauen wir uns um, alles ein Wahnsinn. Nein, nein, keine Tretminen, Termiten, Skorpione, grauen Wölfe und gelben Hyänen ... alles Natur, Natur pur ... und der Caddie ist noch immer nicht da und wir schlagen ab, beim Loch sieben ... ich nehm aus meinem Bag ein 1er Holz ... einen Driver, mit dem bringt man die Bälle hübsch weit, deshalb heißt er auch so, und schlag ab ... weit, weit, weit, und üüüüber, üüüüber den Grrrraben! Na bitte, ein bisserl was kann man ja auch durch den Verstand erreichen. Die ersten Hürden nimmt man bekanntlich mit dem Köpfchen. Über die letzten fliegt man mit dem Unterbewusstsein, oder man darennt sich.

VIII. Szene. Who the fuck is Knudsen?

Beim Assinger in der Millionen-Show hab ich seit Jahren eine Frage immer vermisst: Wer ist Torkil Nielson?
Der betrunkenste Elchjäger Lapplands?
Der Vater von Nils Holgersson?
Das neue Doppelbett von Ikea?
Der Torschütze zum 1:0 von den Färöer-Inseln gegen Österreich?

Das ist so eine 100 Euro-Einstiegsfrage. Da geht der Assinger bei der richtigen Antwort mit der Stimme runter, so auf Tatsache. Wenn man genau hinhört, kann man da ganz gut reich werden ... der Torschütze zum 1:0 von den Färöer-Inseln gegen Österreich ... ja, ja ... Sie haben richtig gehört, ich trau mich das Wort auszusprechen. Färöer-Inseln. Also nicht wie bei uns ausgesprochen: Förörer Inseln ... ist ja alles kein schwedisches Smöre Bröd ... und auch kein dänischer Röhrer ... Färöer Inseln. So, dass es weh tut im Ohr eines jeden gestandenen Österreichers ... Fäääärööööeeer Inseln, oder in einem Wort: Die Färöer. Klingt ja so simpel, wie Iglo Fischstäbchen ... aber, weil wir gerade bei der Linguistik sind ... Linguistik?

Also, ich hab's auch nicht gewusst, klingt aber gut und darum hab ich das zu meinem Mittelschuldeutsch dazugelernt: Linguistik heißt Sprachwissenschaft. Also, es heißt nicht die färöischen Kicker, sondern die färing'schen Fußballer ... wenn's sonst nix gibt, das gibt's – färing'sche Fußballer ... haben Sie das gewusst, ich nicht, aber ich hab nachgeschaut, nicht grundlos, wie Sie sich denken können, aber bitte, was passiert schon grundlos ... weiters heißt es nicht „die Färöerianer", es heißt „die Färinger" ... unheimlich, was, klingt fast deutsch, die Färinger, bist du irre, die Färinger, das glaubt mir ja niemand ... ich kann ja nicht einmal in ein Wirtshaus gehen und sagen, heute würden wir die Färinger mit 10:0 in die Pfann' hauen ... würd ja jeder glauben, ich hab einen Vollrausch ... wie dem auch sei ... und so schließt sich ein Kreis wieder ... mit dem Hicke zu den Färingern, wir haben also gegen die Färinger verloren, oder der färing'sche Fußball war besser als unserer ... zumindest an diesem Tag ... und Fußball ist eben ein Tagesgeschäft

... soviel einmal zur Sprache, mein Damen und Herren, damit wir uns richtig verstehen ... kommen ja bald viele Nationen zu uns ... und mit denen die Angst ... aber was red ich da ... eine 15.000 Euro-Armin Assinger-Frage, eine AA Frage ... oder wir geben's auch billiger. Kreuzworträtsel: Nordländischer Tormann mit Zipfelmütze, Ösi Bezwinger, sieben Buchstaben? Knudsen! Vielleicht wird's auch noch ein Sprichwort: „Ich mach schon noch einen Knudsen aus dir!" Nur nebenbei, nicht, dass Sie denken, ich denk an nix anderes, aber: Warum werden bei uns die Färöer nicht öfters ins Alltagsgespräch eingebaut? Zum Beispiel: Aus „Hochmut kommt vor dem Fall" wird „Über die Färöer stolpern." Natürlich mein ich, über die Färinger stolpern. Klingt wie eine Hausmeisterin in Hernals, die betrunken im Rinnsal liegt. „Und dann bin ich über die Färinger g'stolpert."

Klingt alles sehr kalt und salzig ... da bin ich gleich verschnupft ... der Fleck auf meiner Seele bleibt ... den krieg ich nicht weg ... auf keinen Fall ... ich mag das aber nicht ... ich mag das so nicht ... .

Und darum spiele ich jetzt auch lieber Golf ... vor mir liegt nichts als das Green ... also, die weite grüne Wiese ... *nimmt Augenmaß* ... und aus diesen zwei bis drei Metern Entfernung zeige ich es Ihnen ganz genau ... ich hab da einen Putter ... mit dem kann ich putten ... spiel ich mit dem, rollt der Ball geradezu butterweich ... ganz locker ... rollt der Ball ganz locker, ganz sachte ... am Loch vorbei ... ja gibt's denn so was ... am Loch vorbei ... ja, scheiße ... aus und vorbei ... wie ein verschossener Elfer, der ist auch nicht mehr gutzumachen ... *hält sich am Schläger fest, lümmelt* ... vorbei ist vorbei ... der Ball ist am Loch vorbeigerutscht ... also, so grad vorbei ... die

Situation ist im Arsch, aber schon wenn ich das sage Vergangenheit ... aber in einem drin, da lebt sie weiter, unendlich lang macht sie das, bis wir tot sind. Im Grunde kann ich ja darüber überhaupt nicht reden, über eine Situation, die schiefgegangen ist, die so was von schiefgegangen ist, und nicht mehr korrigierbar ist ... darum bin ich ja da in der Hitze in der Wüste und spiel Golf ... da kennt mich niemand, da kennt uns niemand, da sind wir nix ... weder viel wert, noch wenig, da sind wir nicht existent ... ich bekomm ja nicht einmal einen Caddie ... wo ist der Hund ... egal. Da gibt es kein nordisches Kreuzworträtsel, das fragt: Fußball-Schafs-Insel bei Dänemark mit zwei Umlauten. Da weiß man ja nicht einmal, wo Dänemark ist. Von Hamlet will ich gar nicht erst reden. Hamlet hat man sich hier noch nicht verdient. *Zeigt auf die Wüste.* Für Hamlet muss man die Demokratie kennen.

... Nur warum habe ich mir das angetan ... der Leidtragende zu sein, ist die eine Sache ... der Kasperl zu sein, die andere ... Beamter, das wäre es gewesen ... warum hab ich nicht dem Vati gefolgt ... es wäre so einfach gewesen ... ich mein, ich könnte mir heute alles in Ruhe anschauen ... die Pyramiden, das Tal der Könige, Memphis, Gizeh ... nein, nein, nicht was Sie meinen ... nur nichts Anstrengendes, Archäologie und das Ganze, das ist nix für mich ... nein, nein, einfach nur schauen und im Schatten vielleicht einen Kaffee trinken, mehr will ich auch gar nicht ... ein bisserl Tourist sein ... die Pyramiden anschauen, den Touristinnen nachschauen, ich bin halt so veranlagt ... dagegen kann ich gar nichts machen ... und dabei sind ja jetzt wir die Dienstleistungstrotteln ... einmal 0:3 und Melange mit Sachertorte ... dabei war ja alles so gut gemeint ... endlich sollen wir halt auch wo unter Garantie dabei sein ...

als herzensguter Veranstalter auftreten ... vorher vielleicht noch einen Aperitif, dazu noch ein 1:0 eiskalt serviert ... oder danach ein Schnapserl, aber dafür bekommen wir auch einmal ein Punkterl, zum Beispiel ein 1:1 ... irgendwer muss bei der Sachertorten-Euro ja auch bei uns ein Tor schießen, wenn wir schon bezahlen, das wird sich schon einrichten lassen ... egal! Das ist ja nicht mein Problem ... der Zauber fehlt, und ohne den geht's halt nicht ... wir, ich mein, ich würfle, und es kommt kein Sechser ... einen Siebener würden wir brauchen, einen Achter oder einen Neuner ... natürlich gibt's den nicht, aber würfeln muss man trotzdem und glauben ans Glück ... ich mein, eines können sich die Buben sicher sein: Färöer, oder Föröro, wie Sie das aussprechen, ist Ihre Sache ... Färöer kann kein zweites Mal kommen, nicht bei mir und auch nicht bei den 11 Jungs, die ich trainiere ... ich mein, Lettland hat gegen Liechtenstein verloren, wir nicht ... der Blitz schlägt kein zweites Mal in den Baum ein ... das ist so ... daran kann man glauben, zumindest die Hoffnung binden.

IX. Szene. Kuner Mayonnaise, 80% Fett.

... So etwas vergisst man nicht ... so knapp am Loch vorbei ... ein Tor wäre ich, tät ich da an was Perverses denken ... 12. September 1990, Idrottsparken Stadion Landskrona, Schweden ... 1230 Zuschauer ... 1230 ... Qualifikation zur Euro 92 ... 1:0 Turkil Nielsen ... 62. Minute ... ich hab das ja schon 10 Minuten vor Schluss gewusst ... da geht nix mehr ... da Toni wird kein Tor mehr machen, da Andi ist schon unter der Dusche ... und auch der Gerhard Rodax wird kein Tor mehr schießen ... und wenn wir noch bis morgen in der Früh spielen, da wird nix mehr draus ... da geht der Ball nicht mehr rein ... und dann hab ich neben mir meinen Tormanntrainer Friedl Koncilia gefragt, was soll ich denen in der Pressekonferenz nach dem Spiel sagen ... wir haben noch gespielt, aber ich hab das alles schon kommen sehen ... was sollen wir den Medien, den Österreichern ... Österreich hat ein Recht zu wissen, was da passiert ist ... und soll ich Ihnen was sagen, mir ist dazu nix eingefallen ... die hätten noch so lang spielen können und kein Tor schießen ... auch der Peter Pacult hätte keines geschossen, und mir wär trotzdem nicht eingefallen, was ich hätte sagen sollen, bei dieser arschwarmen Pressekonferenz ... weil wenn's nicht hinhaut, ist für jeden Österreicher, zumindest für einen jeden Sportjournalisten, der Trainer das Sinnbild für einen Idioten ohne Ball ... aber wenigstens war der Pepo irgendwo in Amerika unterwegs, dem war das Spiel von vornherein ja auch so was von wurscht ... jedem Österreicher, und da schließ ich keinen aus, war das Spiel so was von scheißegal, bis wir verloren haben ... weiß ja auch niemand, wie wir gegen Andorra gespielt haben ... oder? ... Eben ... also bei der Pressekonferenz waren wir ... mir ist nix eingefallen, also war es Zeit zu gehen ... wenn man nix mehr zu sagen hat, kann man gehen.

So war es dann auch ... eine irrsinnig weise Entscheidung, aus heutiger Sicht betrachtet ... ich war da kein Lulu, kein Sesselkleber ... das muss man sich einmal vorstellen ... ich bin abgetreten, wie der Androsch abgetreten ist, Landeshauptmann Krainer II ... aber wenn Ihnen einmal gesagt wird, dass mit dem Wegfall der Belastung auch die große Freiheit kommt, wo man dann tun und lassen kann, was man will, da sag ich Ihnen nur eines: Das stimmt nicht ... das stimmt so nicht ... das ist so nicht richtig, hätte der Herr Altkanzler gesagt ... das ist eine vollkommene Illusion ... plötzlich ist man nämlich für nix mehr gut und hat schon einen Spitznamen mehr ... Föröro-Pepi ... also nicht einmal Färöer-Josef ... Sheep-Island-Joe wär natürlich ein Hammer gewesen, aber bitte ... Föröro-Pepi ... schlussendlich ist ja alles eine Steigerung ins Unmögliche: Föaröa-Pepi ... *schüttelt den Kopf, poliert einen Golfball* ... gleich wie die Föaröa-Inseln, die Föaröa-Menschen, da meint man die Inselbewohner ... und so ist alles sehr österreichisch ... und abgrundtief hässlich ... und deshalb bin ich lieber unter Palmen oder in der Wüste ... da weiß man nämlich nicht, wo diese depperten Schafsinseln liegen, dort kennt man sie nicht ... obgleich es ja eine Auszeichnung ist, den Österreichern die peinlichste Niederlage des Jahrhunderts beschert zu haben ... soweit bin ich schon firm, um das zu wissen.

Wir leben halt in einer Zeit der Extreme, da ist das wichtig, größter Sieg, peinlichste Niederlage ... das hat schon was, das kann mir keiner mehr nachmachen ... gehört weltweit zu den 25 größten Fußballmärchen des letzten Jahrhunderts, na bitte ... da wird's einem fast warm ums Herz, wenn's dort oben nicht so kalt wär ... 1230 Fans haben damals zugeschaut, eins, zwei, drei ... die Zahl hat was: 1230 Fans. Das muss man sich einmal vorstellen ... .

... Das war alles sehr unerträglich, aber Gott hatte Erbamen und schenkte mir Golf ... ich bin zurückgekommen und hab die Wuchtel in den Keller gesperrt ... ich bin auf die Driving Range gegangen und hab meine erste Stunde genommen ... am Golfplatz in Schönborn, gleich in meiner niederösterreichischen Nachbarschaft

... dabei kann man gut abschalten, von den Alltagsproblemen und den Problemen, die einem der größere Ball bereitet ... wenn ich einen Schlag ausführe, muss ich mich hundertprozentig auf den Abschlag konzentrieren, und da kann ich mich von negativen Gedanken nicht beeinflussen lassen ... wenn einem die Schläge gelingen, dann ist man in einem Flow, also unbegreiflich ... das ist nicht zu beschreiben ... wenn dann die Bälle dort wirklich hinfliegen, wo man sie hinhaben will, dann füllt einen das mit Glücksgefühlen aus ... Glücksgefühle, die ja auch im zunehmenden Alter immer wichtiger werden ... weil diese Momente körperlich immer seltener werden ... da sieht man das Weib vorbeistolzieren und weiß, dass das nix mehr ist, nicht mehr so wirklich halt ... das Leben ist halt so banal wie eine Kuner Mayonnaise, da kann man nix machen ... *macht einen heftigen Abschlag* ... eben, eben, jawohl! Rinn eini, eini! Eini mit dir, du Hund! Ja!

So, wo ist mein Audi-Benz oder BMW? ... Das war ein Hole-in-one, und in Augusta hätt ich für den Schupfer ins Locherl zumindest einen nagelneuen Audi bekommen ... wäre die Lady mit dem Zündschlüssel auf mich zugetanzt, ja, das hätte ausgeschaut, ja meine Herren, ich greif da dann nach dem Schlüssel ... und ansonsten, zwischen Gänserndorf und Kairo, bekomm ich einige Schulterklopfer und den glücklichen Moment ... so wie die Kuner Majo, wie sie früher war, mit 60 % Fett ohne Freilandeier, und vor allem wie die Mayonnaise noch nicht Majo geheißen hat. Majo mit Curry ... so ein Sccheißßß ... und schon gar nicht Tunke ... und in solchen Momenten bei einem Hole-in-one, da scheiß ich von Córdoba über die Färöer bis zur Dienstleistungs-EM Kaffee, sehr heiß bitte ... alles ausgelöscht, für diesen Moment ... da bin ich wieder Mann, Testosteron, Adrenalin, aber überhaupt kein Oxytocin, dafür ein Axe Deo und die Kuner Mayonnaise mit 80 % Fett, dick auf den Finger geschmiert und runter damit! *Hält dabei Ausschau nach dem Caddie.* Der Hund kommt auch nimma mehr! Ich seh das schon kommen, dass da niemand mehr kommt.

X. Szene. Die Prärie Inzersdorf.

Ich mein ... es gibt ja Wörter, die kann man nicht aussprechen ... Hyundai, zum Beispiel ... wie ich das das erste Mal gehört hab, hab ich geglaubt, das hat etwas mit der Vogelgrippe zu tun ... das Problem ist ja an sich gelöst ... mein Scherben wird heißen oder heißt: „Die Wüste lebt“. ... Das hat dann Essenzielles zum Inhalt.

Nein, nicht dass das 10. Loch hier ein ziemlicher Hund ist, vor dem einen alle warnen ... warum kriegt man eine zweite Chance ... das ist eine gute Frage ... wenn man sie ergreift, ist ja für viele das Problem gelöst ... aber das stimmt so nicht ... wahrscheinlich ist alles eine Frage der Hartnäckigkeit ... und auch wieder nicht ... da klopft man 10 Jahr’ mit beiden Fäusten an und es geht kein Türl auf, klopft man plötzlich überhaupt nirgends mehr wo an, gehen zwei Türln doppelt auf ... und dann bekommt man es mit der Angst zu tun ... geh ich nicht rein, also verweigere ich mich, schlägt’s die Türln wieder zu ... und wenn’s mich dann aus Arabien auch raushauen? Kann ja alles passieren ... dann steh ich vor dem Nichts ... ich hab ja nix gelernt, ich kann ja nix ... was hätte ich denn sonst machen sollen, als durch die Türln zu gehen, die die freundlichen Türlnaufhalter für mich geöffnet gehalten haben ...

geöffnet haben es ganz andere ... hinter den freundlichen Aufforderungen stecken ja Befehle ... mach das jetzt und aus!

Golf ist ja im Grunde auch nichts anderes als angelernter Fußball ... also nix, wo man noch was erreichen kann, wenn man eigentlich mit der Welt nix mehr zu tun haben will ... macht alles nichts, solange die Herrn auf dem Platz noch was zusammenbringen ... ich bin das ja nicht mehr, ich hab mit dem allen ja schon längst abgeschlossen ... ich gehöre da einfach nicht mehr dazu ... was soll ich denn machen ... ich kann mich ja nicht selber anlügen ... „die" müssen noch was zusammenbringen ... ich muss ja nicht einmal Trainer in Japan oder Korea werden, mir reicht schon Afrika oder Arabien ... dort, wo's halt auch krachen kann und nicht nur mit der Wuchtel ... dann zerreißt's mich halt und das ist dann auch Kismet ... in irgendeinen Himmel werd ich schon auch da kommen ... Arschlöcher alle, sollen mich doch alle am Arsch lecken, aber wirklich! ... Ich mein, ich bin ja nicht für die Genesung einer Nation da ... ich hab von Anfang an reinen Wein eingeschenkt ... sollen mich doch alle am Arsch lecken, ich mein ... was ist der Unterschied zwischen Becks Beckham und unsereins, ich mein, der bringt die Kugel rein und wir nicht, also bitte, schlimm genug, wirklich schlimm genug, aber sonst ist bei dem Kerl überhaupt nix anders als bei unsereins.

Ja sollen mich doch alle am Arsch lecken ... aber wirklich ... ich mein: bei mir wird nach Möglichkeit anständig gekickt, und aus ... Fußballspielen nach der Möglichkeit der Mannschaft ... sie können's halt nicht besser und haben halt auch nix G'scheites gelernt ... so wie ich ... hab ja auch total aus der Wäsch' g'schaut, wie ich plötzlich der Föaröa-Pepi und nicht mehr der Teamtrainer war ... bin ich halt Golf spielen gegangen ... andere gehen auf den Dachboden, ich bin Golfspielen gegangen ... wenn nix mehr geht, Golf geht immer ... so dumm ist das, wenn nix mehr geht ... das Weib mag schon locken, aber ... dumm ist das, das muss ich wirklich sagen ... das ist das Leben, das scheißnormale Leben ... so bin ich jetzt bei mir angekommen: „Irgendwann kommt jeder nach Hause", kennen Sie den Spruch, den Spruch kennt man ja ... der Werbeklassiker von Textil-Teppich-Möbel Leiner, sicher schon gehört, was? ... Irgendwann kommt jeder nach Hause oder ins Cafe Hummel Kartenspielen ... und dann geht nix mehr ... man hat ja weder im Styx gebadet, noch ist man von Grund auf ein Achilles, man hat höchstens seine Ferse, und die dann überall, sogar am Kopf hat man lauter Achillesfersen, alles vollgepflastert ... sogar das Denken bereitet Schmerzen ... man wird ja ganz narrisch im Kopf, trinkt seinen Wein, ein Achterl, dann zwei – und beruhigt sich vielleicht auch mit drei ... verdrängt Färöer, Córdoba und das Weib, übrig bleibt die Prärie Inzersdorf ... *schaut wie ein Sioux in die Ferne* ... mit seinem Paprikahenderl, Szegediner Gulasch und Reisfleisch. Einen Inzersdorfer Leberaufstrich, ein Blechbuckel und dazu ein Krokodil und ein 40 Meterversuch am 10er Loch. Nehmen wir wieder einen Schläger für kurze Bälle, einen?

Genau, ein Wedge nehmen ... Frauen brauchen da noch ein 3er Holz, also einen anständigen Hammer, wir machen das aber auf Grund unserer kräftigen Oberarme mit einem Wedge, und dabei frag ich mich überhaupt, warum das Weib Golf oder warum die Mädeln überhaupt Sport machen müssen, sind ja viel schöner als der Mann, hätten das ja gar nicht nötig, versilberte Blecheimer nach Hause zu bringen, aber bitte, ist mir jetzt auch egal, und da, wo ich jetzt bin, hat das eh keine Tradition ... wenn das jetzt reingeht, was wünsch ich mir denn dann: Genau, einen Inzersdorfer Leberaufstrich, einen Blechbuckel und dazu ein Krokodil ... *schlägt ab, trifft* ... na bitte, ist ja wie im Film. Nur wenn man halt nicht mehr kann, soll das noch lange nicht heißen, dass nix mehr geht ... was ich da jetzt gesagt hab, weiß ich jetzt nicht genau, das ist wie mit dem Godot, aber es klingt halt gut, also wird das schon so was Kluges gewesen sein ... .

Beginnt im Buggy zu graben ... wo hab ich's denn ... ich spür's ... na bitte ... *legt den Inzersdorfer Leberaufstrich, eine Dose österreichisches Bier und ein Glas Essiggurkeln auf eine kleine Decke, isst* ... und wenn Sie jetzt glauben, ich beginn mit der scheiß österreichischen Gemütlichkeit oder jammere Ihnen was, dann irren Sie sich aber gewaltig. *Schnappt sich einen Golfball, präsentiert ihn wie ein rohes Ei.* Ein Golfball besteht aus einer harten Kunststoffschale, mit unterschiedlichem Kern. Neben Hartgummikernen werden zunehmend auch Mehrschichtenkerne, unter anderem aus Flüssigmetallen, genutzt. Auf jedem Golfball ist eine Nummer aufgedruckt. Diese dient dazu, den Ball von anderen Bällen zu unterscheiden. In Schottland bekommt man die sogar im Supermarkt. Da staunen Sie, was?

XI. Szene. Die Wuchtl oder die Buchtl?

Alles tut weh. Schmerzen aus dem letzten Schlag heraus.

Das hab ich wieder gebraucht ... meine Gelenke ... als ob das ein Pressball ... zumindest ein Stoppball ... ich hätte da vorher nicht so aufziehen sollen ... kann mir das nicht so ganz erklären ... dabei hab ich doch ganz sauber geschlagen ... *fährt den Schlag noch einmal nach* ... da, da ist was, da ist was unter der Erde! ... *gräbt nun* ... vielleicht ein Schatz, ein Geschenk vom Sultan, wer weiß das schon ... aber Hauptsache, ich werd reich, reich, endlich reich ... der Wüstenschatz ... *greift in die Erde, hält als Wüstenschatz einen Fußball hoch* ... a Boi! Klingt ja fast wie „a boy", ha, ha ... ein echter Fußball, so wie früher, wie in einem Sommer, wie damals ... *Von irgendwo kommt ein Heil Hitler-Ruf* ... nein, so früh auch wieder nicht, Idioten! ... wo wir in Amstetten gekickt haben, drei gegen drei, die ideale Strafraumsituation ... für dieses Glück reicht ein Ball ... und dann ein bisserl später ... Koncilia – Pezzey – Krieger – Krankl und zack – zack – zack – und bumm!

Und vor dem war alles immer nur ein Ball ... außer für'n Vati, der hat das nicht verstanden, dass man mit Spaß Geld verdienen kann, das hat der Vati in der Sandalenfabrik nicht in die Reihe gekriegt ... Arbeit darf keinen Spaß machen, das war halt damals so, haben ja noch alle geglaubt, da Russ' kommt, irgendwann kommt der ja noch, samt den Chinesen, aber das ist jetzt ein anderer Kaffee ... *zeichnet nun die Namen auf dem Firmament wie ein Sternbild nach* Koncilia – Pezzey – Krieger – Krankl und zack – zack – zack – und bumm! ... schön war's ... alles war plötzlich so unbeschreiblich leicht ... es war so locker, so leicht, dass man beim Einlaufen ins Stadion die Welt außerhalb einfach hinter sich gelassen hat, und die ganzen Probleme auch ... wie eine Riesenparty ohne Ende ... und dann plötzlich ist diese Scheißkugel eingefroren, Scheißkugel!

Umkreist den Fußball, den Golfschläger im Anschlag.

Ins Tor! Ins Tor! Ins Tor! Ins Tor.

Scheißball! Du Sauhund! Und warum bist du jetzt wieder aufgetaucht ... wir haben eine Verabredung getroffen ... zwei Wochen vor der EM brauch ich ein ruhiges Weekend, und jetzt? ... Scheiße! Und jetzt das! Wer hat dich g'schickt, da Hansi vielleicht?! Sicher der Hansi, sicher! Oder vielleicht ich selber, und ich weiß nix mehr davon, hi, hi. ... aber da steht ja was ... da ist ja ein Eintrag ... „Der Blitz schlagt kein zweites Mal ins gleiche Loch ein." ... Stimmt ... das ist ein sehr gescheiter Satz ... und außerdem kommt der von mir, aber das wissen Sie eh schon längst.

Wirft den Ball in die Luft, sodass er sich dreht, fängt ihn.

Und so überlappen sich durch einen einzigen Ball auch schon wieder unzählige Fragen. Ich hab's ja gewusst.

Warum haben wir nicht schon als Affen den Alkohol erfunden, dann wäre uns das Menschsein erspart geblieben – und so auch diese Situation.
Wer hat mir hier den Ball versteckt – ist ja nicht Ostern und ich bin kein Kind mehr.

Wer hat darauf „meine“ Inschrift verewigt?
Wo ist mein Caddie?
Warum bekommt man im Leben eine zweite Chance?

Und was lernen wir daraus: Kaum kommt die Wuchtl, kommen die Probleme. Kleine Lebensweisheit gefällig? So wie du im Hawelka zur Buchtl die Rechnung kriegst, kriegst du im wirklichen Leben zur Wuchtl die Probleme.

Schlägt ab.

XII. Szene. Wie kommt der Sport dazu, g'scheit zu sein?

Vielleicht wollte man mir den Ball ja nur zur Ablenkung in die Wüste nachschicken ... von was ablenken, von der EM ... aber was hilft's, der Ball ist da und ablenken kann mich so und so nur noch das Golfspiel ... wir stehen schon vor, nein, nicht Stalingrad, wir sind nicht mehr im Krieg ... irgendwer, der Joyce, vielleicht der Orwell, oder der Pinter, ich müsst mir solche Sachen aufschreiben, wenn ich mir die Namen schon nicht damerk ... auf alle Fälle nicht der Philipp Rot, diese Prostata-Schleuder, ist ja auch ein Ami, der versteht ja nix vom Kicken ... vielleicht können sie es ja auch einmal spielen, die Amis, aber sie werden den Ball nicht kultivieren, dazu fehlt ihnen die Geschichte ... der nicht, und Österreicher war es so und so keiner, egal. Der hat gesagt, dass Fußball der Krieg des auslaufenden 20. Jahrhunderts ist, ein Krieg fortgeführt mit anderen Mitteln, oder so ähnlich ... hätt ich jemals so schlampert einen Elfmeter geschossen, der wäre nie und nimmer reingegangen: Also, Fußball ist Krieg mit anderen Mitteln, so war's! Klingt ja zugegebenermaßen nicht schlecht, ist aber ein absoluter Schwachsinn ... ach, so ein Käse ... *sucht sich das passende Holz* ... ich halt nix von dem G'scheitreden eines Sports, das ist ja ein absoluter Blödsinn ... sonst würden ja nicht so viele Leute ins Stadion kommen ... ich mein, das Publikum kommt ja freiwillig, da kann es ja nicht ums G´scheitsein gehen, ich nehme mich da gar nicht aus ... gut, ich hab meine Matura, ich hab auch in eine Uni reingeschaut und irgendwann werden s' mir schon den H.C. nachwerfen ... aber g'scheit ist etwas anderes ... *sein Blick folgt einem Frauenschatten, dabei bleibt er stumm* ... Fassungslosigkeit ist etwas viel Schöneres als g'scheit sein, wirklich, eine schöne Frau, oder ein 40 Meter-Pass, das ist schon was ... das muss aber nix mit G'scheitsein zu tun haben ... wie kommt schon der Sport dazu, g'scheit zu sein, kann mir niemand beantworten, die Frage, ist ja das Leben auch eine dumme Schlampe, und im Theater sitzen so und so die deppertsten Leut', und warum soll dann grad der Kick g'scheit sein? Wenn nix mehr geht, bleibt halt auch nix mehr übrig.

Ich hab keine Freunde mehr unter den Kickern ... ich bin nicht ihr Ersatzpapa, der bin ich nicht, will ich auch gar nicht sein ... .
Ich will den Golfplatz am Morgen ...
Ich will zum Frühstück nur einen Kaffee und ein Butterbrot ...
Wenn ich frei hab, will ich mit niemandem zu tun haben ...
Wenn ich Dienst hab, brauch ich meine Konzentration ...
Mich kotzen alle Interviews schon an, dieses ganze Nettsein ...
Im Grunde ist es ureinfach mit mir, solange man mich in Ruhe lässt. GRRRR!

Abschlag.

XIII. Szene. Zivilisation ist Degeneration.

„Wir haben hier ja alles!“ ist im Grunde ja ein absolut negativer Satz. Wenn Leute von ihrer Wohngegend behaupten, „wir haben hier ja alles“, dann gehen sie ja schon mit dem Bekenntnis wischeln, dass von allem nur ein bisserl, vor allem ein bisserl wenig da ist. Von allem ein bisserl zu wenig da ist, um bei der Wahrheit zu bleiben. Wir haben ja hier alles! Wenn ich das schon höre, steigen mir die Grausbirnen auf ... wir haben Berge und Mozart ... ich habe lieber Pyramiden und Fußball ... ich mein, es fehlt halt an allem hier, das ist schon klar, aber das Wichtigste scheint ja doch zu sein ... Lebensfreude ... wenn man von Menschen umgeben ist, die noch etwas erreichen wollen, und auch mit dem was anfangen können, was sie haben ... ist das 1000 Mal mehr wert, als jedes scheiß Wiener Schnitzel.

Wenn ich Hunger hab, kann ich einen Topf Datteln auch fressen, da furz ich dann die ganze Nacht, aber das machen die anderen ja auch ... dann ist das nicht schlimm, nicht so schlimm ... nicht dass da unten jeder furzt, aber bei den frischen Datteln geht das gleich einmal los ... *isst eine, spuckt gekonnt den Kern aus* ... nur keine Panik, nach drei, vier passiert eh nix, und mehr essen will ich eh nicht, weil Hunger hab ich auch keinen in der Hitz’ ... außerdem, meinen Inzersdorfer Leberaufstrich hab ich auch schon gehabt ... da gibt’s ja auch die dünnen, die dünnen Doserln mit dem leckeren Aufstrich drin, nicht nur die dicken ... und die dünnen passen doch wunderbar in meinen Aktenkoffer aus meiner Beamtenkarriere ... auch in die Aktentaschen ... ich weiß eh, heut’ hat man ja schon längst keinen Koffer mehr, die trägt man nur mehr in meiner Welt

... ich weiß nicht, vielleicht wär ich ja auch einer, der sich da ein eingeschweißtes Prosciutto-Mozzarella-Tramezzini besorgen würd und dazu einen dampfenden Starbucks-Kaffee im Styroporbecher, dieser grüne Kreis, wo Starbucks oben steht, mit dieser langhaarigen Frau in der Mitte ... nein, aber so einer wäre ich nicht, dagegen wehre ich mich! ... Ich wäre der mit dem Inzersdorfer Leberaufstrich, an kühleren Tagen auch ein Fleischschmalz, an Tagen, wo das Schmalz nicht gleich zerrinnt ... und dann hätt ich im Büro einen kleinen Kühlschrank fürs Krokodil, für die Gurkerln ... und ab Fünfe wäre ich dann im Hummel ... nach Möglichkeit alles mit der Straßenbahn, U-Bahn hat mich noch nie interessiert, sieht man ja nix im Schacht, außer ein paar blöde G'sichter, und den Bus nehm ich auch nicht gern, bei den wackeligen Fenstern, wenn der Dieselmotor schlottert, ist halt schon alles ohne Elan, sogar wenn das Zeug neu ist, ist der Halbwert längst überschritten ... aber gut, das ist es nicht geworden, weil ich das nicht so wollte ... und darum jetzt Wüste und Datteln ... *isst eine, spuckt gekonnt den Kern aus* ... so und so komisch, dass mir das Essen so wichtig ist, ich mein, ich bin ja kein dicker Mensch.

Im Übrigen, den scheiß Leberaufstrich sowie alle deutschsprachigen Tageszeitungen bekomm ich auch hier, in speziell gekennzeichneten Geschäften, Kairo ist ja eine Millionenstadt, die lassen da nix anbrennen ... auch der Blechbuckel von vorhin und das Krokodil, wird alles importiert ... und auch ansonsten sind die uns haushoch überlegen ... sind nicht solche degenerierten Afferln wie wir ... aber damit wir uns richtig verstehen, ich fühle mich als degenerierter Aff' sehr wohl, ist ja nix anderes als die Zivilisation, die da zugeschlagen hat ... wer zivilisiert wird, wird halt gleichzeitig degeneriert ... wenn man uns vom Bauch abwärts beleuchtet, sind wir degeneriert, wenn man uns vom Bauch aufwärts betrachtet, sind wir zivilisiert ... die Zivilisation findet halt im Kopf statt, was sollen wir schon dagegen machen ... fühle mich als zivilisierter Mensch sehr wohl, aber ... *aus dem Off ein Zwischenruf:* „*Föaröa-Peppi*!" ... eben, ja ... und drum scheiß ich auf jegliche Zivilisation ...

Abschlag.

Und, der Ball war jetzt ein Vogerl und ist weg.

XIV. Szene. Hicke von Arabien oder zu Gast bei Edith Klinger.

Jeder hat seinen menschlichen Makel mit sich zu tragen ... mein Gott! Hätt uns der Herrgott einfach besoffen auf den Bäumen sitzen gelassen, wie die Affen! Ein paar Gärfrüchte, und wir wären schon in der Welle gewesen ... ich will halt auch nicht ein jedes Mal erinnert werden ... und so groß mein Garten auch ist ... ich kann ja auch nicht mein ganzes Leben darin verbringen ... ich bin ja nicht der Zoo von Tullnerbach ... .

Macht auf Edith Klinger, dazu sich anbiedernde Körperhaltung.

Und da haben wir jetzt den Föaröa-Peppi ... ein großes Schicksal, 1990 von den Färöer Inseln abgeschossen und nie mehr wirklich auf die Beine gekommen, zwar mit Rapid Wien Meister geworden, aber immer wieder schwindelt sich dieser dunkle Fleck durch, das ist ein ganz ein großer Gauner, der dann doch wieder alles andere überstrahlt ... und so ist der Peppi an sich ein zurückgezogenes Viecherl, das man ja nicht treten soll, wie kein anderes Viecherl auch ... früher hat er gerne Ball gespielt, ist aber seit 16 Jahren lieber mit dem kleinen Ballerl unterwegs ... so hat das Unglück von 1990 auch seine guten Seiten, sonst wäre der Josef nie auf die kleinen Ballerl gekommen und schaun S', welche Freud' er damit hat ... und aufpassen was man mit ihm redet, die Föaröa gehen ihm schon anständig auf den Sack ... und leider auch nicht so ganz aus dem Kopf ... .

Im Grunde ist es ja banal ... es läuft im Leben immer auf das Banale hinaus ... mir hat einmal ein Jurist gesagt, eine Scheidung ist schlussendlich nix anderes als eine Aufteilung der Kaffeehäferln unter zwei Menschen, die einmal an ein Mehr geglaubt haben, und dann doch an den Klippen des Lebens zerschellt sind ... und für mich war es halt, nach der Angelegenheit im Norden, faktisch auch so etwas wie eine Scheidung, da war es für mich überlebenswichtig, dass ich trotz meines Makels dennoch weiterhin meinen Beruf ausüben hab können ... mit so einem Makel bekommt man ja normalerweise sehr schwer einen neuen Job, vielleicht noch beim Sport Experten als Schuhverkäufer ... ich mein, oft passiert es ja nicht mehr, aber trotzdem: Manchmal, gegen Liechtenstein, Luxemburg, hm, ich weiß nicht, aber zumindest gegen Liechtenstein, da sind wir noch der Goliath, da hat man halt großes Herzpumpern ... aber genau da ist die Färöer-Geschichte eine wertvolle Erfahrung, die im Grunde unbezahlbar ist ... vor solchen Spielen weiß ich, was alles passieren kann, und glauben S' mir, niemand kann die Spieler so gut auf ein Spiel vorbereiten wie ich ... ich bin die beste Fußballkatastrophenversicherung des Landes, weil – eh schon wissen ... *greift nach dem Ball mit der Inschrift ... ... aus dem Off ein Zwischenruf: „Föaröa-Peppi!“* ... hören Sie das auch, nein ... eben ... und das sind die Alarmglocken ... wenn man Stimmen hört, die nicht da sind, da muss man dann ruhiger treten ... so bin ich nach der Dienstleistungs-EM noch ein bisserl der Hicke von Arabien, quadratisch, handlich, gut, dazu schönes Wetter, gute Luft ... und dann hat es sich ... und dann muss ich mir auch nix mehr anhören, weder den Föaröa-Peppi noch sonst was. Ich mein, was bleibt zurück: Ich hab das 3:2 in Córdoba nicht geschossen, ich war dabei, aber durch mich haben wir nicht gewonnen, das muss man zur Kenntnis nehmen ... ich mein, was erinnert mich in meinen vier Wänden an den Sieg gegen Deutschland, nix ... das ist nicht mehr ... ... *aus dem Off ein Zwischenruf: „Föaröa-Peppi!“* ... hier muss ich nur aufpassen, dass einem der Ruf nicht folgt ... aber was zu Hause ein Teil des Kulturguts ist, ist einen Schritt über der Grenze nicht einmal einen Furz wert ... wir leiden ja sogar bei der Selbstverhöhnung unter Größenwahn, wir glauben ja tatsächlich, wenn wir wo besonders schlecht sind, bekommt das die ganze Welt mit und kann das natürlich aus dem G'sicht eines durchschnittlichen Österreichers herauslesen ... die Schande überlebt, das denken wir, das ist ein Teil von uns. Aber soll ich Ihnen was sagen ... *flüstert* ... Das ist jedem scheißegal. Wirklich, ich weiß das. Vielleicht ärgern uns noch die Eidgenossen, weil die im Grunde ja auch keine größeren Eier haben als wir, aber dem Rest ist das so was von scheißegal ... .

Und nur nebenbei: Das eine schwör ich Ihnen. Von der depperten Schafsinsel wird nix auf meinem Grabstein stehen, aber schon gar nix. Nicht einmal der depperte Blitz soll oben stehen. Name. Geburts- und Ablebensdatum und aus. Ruck zuck. Dann macht man den Sack zu, und damit ist es gewesen.

Abschlag.

Bist du deppert ... wieder weiß Gott wohin ... scheiß mich an ... wenn das meine Buam in 14 Tagen auch so spielen, dann gute Nacht Österreich und guten Morgen Kairo. Klingt doch schön ... vielleicht sollt ich gleich dableiben ... vielleicht kommt ja dann doch irgendwann mein Caddie. Scheiß zweite Chance!

XV. Szene. Die rote Karte für Coelho.

Also ... der Ball ist vom Hansi, zum Mutmachen, da bin ich mir ganz sicher ... muss ja nicht immer alles aus böser Absicht getan worden sein ... der hat gewusst, dass ich irgendwann einmal am Golfplatz über den Ball fliegen werde, a so ein Lausbub ... wenn ich mir ihn aber so vorstelle, mit seinem Lachen, in der Zucker-Werbung ... mit der Musik von „Over the Rainbow“ ... und plötzlich war der Job weg, bei ihm als Teamchef, und die Werbung natürlich auch, ich kann mich da gut in ihn reinfühlen ... da wird's dann für einen Moment plötzlich ganz dunkel ... da geht dann nix mehr ... ist ähnlich dem Moment, in dem man ganz was Wichtiges macht ... da ist man auch wie gelähmt ... mein Gott, ist das alles mühsam ... man wird ja zum Kampf gezwungen, allen Ernstes ... .

Was muss ich begreifen ... bitte sagt's es mir, was ich begreifen muss ... dass das alles einmal ein Ende hat, haben muss ... was kommt sonst noch, die dritte Chance, die vierte ... bis zu meinem Ableben nur noch Chancen ... ich will das nicht noch einmal durchmachen ... mir reicht das ... wahrscheinlich deshalb mein Beamtenwunsch – Astern im Garten hinter dem Haus und eine Agave hinter dem Fenster in der Wohnung in der Josefstadt ... das wäre es gewesen, aber ... ich weiß schon ... was muss ich da begreifen, um aus dem Malheur rauszukommen ... was mach ich falsch ... ich kann meine Buam ja nicht zum Sieg zwingen ... ich hab keine 11 Helden versteckt, die ich im Holzpferd ins Praterstadion schieben kann ... das geht ja nicht, hab ja kein trojanisches Ross zur Verfügung, und schon gar keine 11 Helden, die aus dem Bauch springen und alles richten.

Was mach ich falsch ... man braucht ja nicht glauben, dass die zweite Chance eine Belohnung ist ... Sisyphos, wie viele Chancen hat der verbraucht und nix tut sich ... vielleicht gurkt der noch immer mit seiner Kugel herum und wir sehen ihn bloß nicht ... aber ich bin kein Sisyphos ... ich will kein Sisyphos sein ... ja nicht einmal denken ... die Sinnlosigkeit macht nicht glücklich, das war alles ein Irrtum ... diese ganze Epoche war ein Irrtum ... Eigentore, Unzulänglichkeiten, verlorene Zweikämpfe, vergebene Chancen, Eiertore ... die zweite Chance ... ich mein, was soll ich noch, was will ich noch ... warum habe ich „ja“ gesagt ... ich muss auf den Platz, auf den Platz, ich kann in der Wüste keine Erklärung finden, bin ja kein vertrottelter und zerlumpter Alchemist, renn ja nicht mit dem Coelho herum, der schaut ja eher aus wie ein Trafikant und ist alles andere als ein Weissager oder Wahrheitsfinder, das ist ja ein Marlboromann ... „Die Wüste lebt!“ ... a so eine Schnapsidee! Ja, sicher lebt sie, diese scheiß Wüste, ich renn in ihr ja auch wie ein Damischer herum, ein voll Irrer, wie ein König ohne Land, ein Schotte ohne Schloss, ich bin ja wie ein Wiener ohne seinen Grant! ... Der menschliche Makel ... *lacht* ... in der Wüste ... in der Wüste die Einsicht ... ich hab da was falsch verstanden ... das ist kein Sonnenstich mehr, da hat mir wer das Hirn verrußt.

XVI. Szene. Aslama.

Sitzt neben Loch XVI und spielt mit der Fahnenstange. ...
Er raucht Wasserpfeife.
Wissen Sie ... im Grunde sollte man über das Ganze nicht nachdenken ... je mehr man nachdenkt, desto ungemütlicher wird es ... in dieser Gemütlichkeit steckt zwar ein Patzen Verlogenheit, aber wie heißt es so schön? Was kümmert mich der Wurm im Apfel, solang ich nur die rote Farb' seh ... wir werden ganz sicher tolle Spiele machen ... der Wirtschaftswunderhimmel, die weißen Spritzer, unser Witz, ich bin ja nicht witzig, aber ... *nuckelt an der Wasserpfeife herum* ... das eine oder andere Tor ... auch die anderen werden Fehler machen, nicht nur wir ... und dann werden wir zuschlagen ... die österreichische Natter wird angreifen und schon irgendwen ins Fersel beißen ... und ich bin fein raus, das können Sie mir glauben ... das erste Tor und das erste Punkterl, und ich bin aus dem Schneider ... dann ist alles wie weggeblasen von meiner Seele ... das hat einen ganz einfachen Grund: Ein jeder Gegner ist stärker als wir, wir sind also der David, und wir haben als Draufgabe dazu noch das Publikum ... das wird eine richtige Hetz ... das sollten wir nicht vergessen ... man muss das alles von der positiven Seite aus betrachten ... Vorfreude ist bekanntlich die größte Freude, und

darum haben wir eh schon gewonnen ... die Hetz ist unser ... alles hat sich geändert, in den letzten 16 Jahren, aber es ist ja bekanntlich nur noch sonniger geworden, was ja für die EM traumhaft ist ... wir laden alle zu uns ein und bleiben in der Zeit stehen, keine Veränderungen mehr ... keine neuen Abseits-Regeln, keine neuen Asyl-Regeln, alles lassen, wie es seit jeher war, und dazu auf einer Seite die Fiaker und auf der anderen die dazugehörigen Fiakerkugeln ... so ist das bei uns ... die Veränderung zum Euro muss für die nächsten hundert Jahre reichen ... so können wir immer auf den Schilling, die Färöer Inseln, Córdoba, Kreisky, Androsch und, wer will, auf Mock zurückschauen ... wer will, denkt sich dann noch das Wunderteam dazu und wundert sich, dass bei uns alles so wunderlich ist ... und das eine Tor zum Punkterl, das werden wir schon zusammenbringen ... so irgendwie gewurschtelt halt, aber über der Linie ist über der Linie.

Pufft noch einmal anständig an, steht auf, steckt die Fahne ins Loch, schaut sich James Bond-mäßig kurz um, lässt einen Ball aus seinem Ärmel fallen, und kickt (!) ein.

Tor ... *lacht* ... Tor, Tor, Tor, und narrisch bin ich eh schon ... *lacht* ... ganz ohne Weiber narrisch geworden, ist das nicht schön. Nicht einmal einen Prüller hab ich dazu gebraucht und einen Finger schon gar nicht ... *beruhigt sich* ... das Leben kann ziemlich beschaulich sein, nicht? He, he ... *verbeugt sich* ... Aslama.

XVII. Szene. Ludwig v. Benedek vs. Josef „Peppi“ Hickersberger.

Ein guter Tag beginnt mit einem sanierten Fußball ... ja sicher, ha, ha, sind ja alles zusammen Hormonwipferln, aber ... in der Hitz' wird alles erträglicher, sogar der Schwachsinn wird irgendwie verständlich ... da kann ich sogar gewisse Namen ohne Emotionen aussprechen, Pogatetz, Scharner ... mein Gott na, das sind halt noch alles hormongesteuerte Lutscher ... Testosteron geht mit den Jungs halt durch, das beutelt sie, das treibt sie vorwärts und wieder zurück, mein Gott, warum soll ich mich da noch aufregen ... natürlich regt man sich auf, weil man sich immer wegen irgendeinem Scheiß aufregt ... sonst wäre das Leben auch nicht aufregend ... im Alter nimmt halt das Oxytocin zu, da will man halt mehr kuscheln, wenn die Frau dann noch mag, Kuschelhormone halt ... schlussendlich ist halt alles eine Hormonie ... aus der Harmonie wird eine Hormonie ... .

Was ist jetzt eigentlich ... hab ich auf wen gewartet ... man vergisst, und das ist nicht nur in der Hitze so, sondern überall, sogar auf den nördlichen Schafsinseln, dort vielleicht nicht so stark, passiert ja nicht viel, aber trotzdem ... ist ja wichtig, wenn man sich alles merkt, was einem angetan wird, aber was hilft's ... natürlich, hin und wieder macht man auf, schaut man in sich hinein, und dann weiß man wieder alles ... 62. Minute ... 1:0 Torkil Nielsen ... im Tor: Jens Martin Knudsen ... 1230 Zuschauer ... Idrottsparken Landskrona ... 12. September 1990 ... der Moment, wo alles zusammenbricht, was man sich aufgebaut hat ... *schaut auf* ... kein Kollektiv wird jemals so gut sein wie ein Narrischer, der alles für alle auf einen Streich erledigt ... gegen den Narrischen kommt man nicht an, es ist so, was soll man dagegen machen ... die Narrischen erledigen alles, im Guten und im Schlechten ... sogar eine Nation, sonst wären s' ja net narrisch ... aber auch denen geht einmal die Luft aus ... ohne die Atome im Körper, die in einem herumsausen, haben auch die ganzen Hormone nix zu lachen ... da wird aus einem jeden Hexenkessel eine lauwarme Maggi-Suppe ... in der Hitze übrigens auch, da spürt man, wie sich alles von selber erledigt ... der Reigen mit sich selbst ist auch nicht mehr als ein Kreisel, der sich einmal fertig dreht ... Pogatetz, Scharner, Hickersberger, Krankl ... Willi Kreuz ... einfach ein Willi sein ... so ein Biene Maja-Willi ... fast so schön wie der Beamte in seinem Biedermeierzimmer ... allein ein Sekretär dieser unnachahmlichen Epoche ... mit einer Frankfurter mit Senf und Kren ... am Wochenend mit den Enkerln im Prater, am Riesenrad, nach Möglichkeit, bevor die Japaner kommen, sehr früh halt ... wenn dann die Röcke im Wind wehen und die Damen mit den bunten Bändern in den Haaren ... weit weg von allem, was Schmerzen bereitet ... und auf all das sauf ich jetzt meinen Blechbuckel aus und spiele auf das 17. Loch! Loch, jawohl!

... die Platzreife war ja das geringste Problem für mich, ein gewisses Talent hab ich ja schon mitbekommen, das wollte ich Ihnen schon noch sagen ... und im Grunde wäre Österreich viel ärmer ohne mich, ha, ha, da staunen Sie, was? ... Was wäre Österreich ohne Königgrätz 1866, Ludwig v. Benedek ... die anderen schießen immer schneller als erwartet ... Landskrona 1990, Peppi Hickersberger ... beim Benedek hättens auf die bürgerliche Revolte im 48er-Jahr scheißen sollen, dann wäre es noch hübsch beim Bie-

dermeier mit der Kammermusik und den Reifröcken geblieben, und kein Königgrätz, das hätt ich ihm schon vergönnt ... mit dem Biedermeier drüberfahren, und wenn schon Krieg, dann besser ausgebildete Soldaten – und beim Hickersberger hättens einfach die Legionäre raushauen sollen, dann hätten wir in dem Land tatsächlich noch Fußball gespielt ... hätte er sich halt angestrengt, der Metternich, dann wäre vieles nicht passiert ... aber so, bleibt uns die Agonie ... eine echt österreichische Angelegenheit ... wer sagt's denn, seit Königgrätz in Agonie. Das schmeckt wie eine Melange beim Meinl und für die Kinder ein Eis beim Tichy, und ein 0:5 von der Austria Wien ... mein Gott, was wäre das Land ohne Ludwig v. Benedek und Josef Peppi Hickersberger.
Das wär's eigentlich.

Schlägt ab.

XVIII. Die Fata Morgana einer Möglichkeit.

Stellt sich zur Bundeshymne auf. Hand aufs Herz. Hymne wird aus dem Off abgespielt. Schauspieler singt stumm mit.

Wir werden nicht Europameister. Auch mit'm Hansi wären wir es nicht geworden. Da kann ich noch so inbrünstig die Hymne singen, Europameister werden wir nie. Da kann ich noch so lange auf meinen Caddie warten, wir werden es nicht. Ich werde auch nie in Augusta Golf spielen, aber das sind alles Erkenntnisse, für die braucht man nicht viel Schmalz ... wenn man alleine ist, braucht man überhaupt kein Schmalz, ich mein, keine Erkenntnisse, man hilft ja niemand dabei ... was geht mich im Grunde meine zweite Chance an ... sobald der Anpfiff kommt, pfeif ich in mir ab, dann hat die erste Chance ihr Ende ... leb ich die zweite Chance mit jedem Fehlpass, mit jedem Tor mit ... erlebe ich die Chance in mir tief drin, fernab vom Stadion, durch die Prärie Inzersdorf will ich spazieren ... das Häusl längst verpachtet, oder an die Kinder weitergegeben, werd ich hier auftauchen, im Tal der Könige, mein Königgrätz verinnerlicht haben ... vielleicht wirklich abgeschlossen haben und mir denken, das war's ... alles verdauen und hier vor den Pyramiden wieder auftauchen ... da vorne, wo mein Caddie kommen wird oder auch nicht ... ist mein Caddie schon da, nein? ... Da vorne, nein ... Hauptsache mit dem Ball, mit diesem Ball ... der Blitz schlägt nicht mehr ein, ins gleiche Häusl, kein zweites Mal ein ... das wird einmal von der Bauernregel zum Häuselbauerklassiker werden, aber das ist jetzt wurscht.

Ich bin rehabilitiert, steht heute in den Internet-Enzyklopädien und morgen bereits in den Zeitungen ... nicht makellos, aber rehabilitiert ... durch solche Einschaltungen verliert man den Makel nicht, aber man kann mit ihm leben ... die zweite Chance ist wahrscheinlich so etwas wie eine Entschuldigung, es entschuldigt sich jemand bei einem. Im Grunde haben beide die zweite Chance ... nimmt man die Entschuldigung an, hat man die zweite Chance genützt. Man muss die Entschuldigung einfach annehmen, es hilft nix ... dann zerrinnt die Schmach wie Sand zwischen den Fingern. Und so macht man sich wieder auf in der Hitze, dort wo viel Leben ist, zwischen den Pyramiden, den Mumien, den Pharaonen und den Kojoten. Was ist man dann, ein Kojote, eine lebende Mumie, was weiß man eigentlich, außer nix? Bleiben wird man, bis man wieder gerufen wird ... „*Herr Trainer, Herr Trainer!*“ ... im neuen Gewand, mit neuem Namen ... wohin auch immer, wird man der Stimme folgen, packt sein Golf-G'schirrl zusammen, verbeugt sich, nimmt die Entschuldigung so gerne an. Verbeugt man sich, hat man durchgehalten, bis zum 18. Loch, so weicht die Hitze von den Steinen, und die Fata Morgana einer Möglichkeit verschwindet hinter dem leuchtend schwarzen Himmel der Nacht.

Schlägt ab, ein Geräusch.

War da was, nein. Ich hab glaubt, mein Caddie. Nein, nein, nicht, danke.

Beslama.

ENDE

Der Tag, an dem Niki Lauda starb.

„Der Tag, an dem Niki Lauda starb" ist eine Satire. Der Inhalt ist frei erfunden. Persönlichkeiten des öffentlichen Lebens sowie Dienstleistungsunternehmen werden in ihrer öffentlich bekannten Funktion wahrgenommen. Eine jegliche Schmähung der Persönlichkeiten, der Dienstleistungen oder der Produkte der genannten Firmen wäre völlig unbeabsichtigt.

Der Tag, an dem Niki Lauda starb.

1. Runde: Kratky bleibt am Start kleben!

Scheiße, und gerade jetzt muss ich pissen! Hat vermutlich mit dem aufgedrehten Wasserhahn zu tun. Dabei war ich vorhin gerade pissen. Ich versteh das nicht, aber mein Körper wird schon wissen, was er will, hoffe ich zumindest. Ich dusche mich also sauschnell ab, versuche mich dabei möglichst wenig zu bewegen, damit das auffallende Laut und Leise vom Radio nicht ins Rauschen übergeht. Das Radio wird nervös, wenn man sich zu viel bewegt, das macht es sehr menschlich, im Grunde sympathisch. Doch jetzt setzt es aus! Auch menschlich, aber Menschen werden bei Arbeitsverweigerung vor die Türe gesetzt, das Radio bleibt. Natürlich muss das Radio bei einem der besseren Lieder aussetzen! Nach vier miesen Songs ist der fünfte etwas besser, soweit haut die Wahrscheinlichkeit hin. Sie lassen gerade den Simple Minds-Hit „Don't You (forget about me)" durch den Äther, und ausgerechnet in der la la la la la la la la-Phase des Songs, also der Mitgrölpassage aus meiner Jugend, in der setzt das Radio aus, und pissen muss ich, es ist ein Wahnsinn!

Ich spring also aus der Wanne. Jetzt brummt das Radio, explodiert es gleich? Verbrennen glühende Plastikteilchen mein Gesicht?! Ich greif nach dem Badetuch um, nein, ich will das kleine Scheißding nicht erschlagen, um nicht den ganzen Weg ins Scheißhaus anzuwascheln, mach noch einen Griff zum Radio, doch da kommt eine Stimme. Tatsächlich ist das kleine Scheißding wieder auf Empfang gegangen, als ob mich der blöde Hund nur schleppen wollte! „Ja, meine Damen und Herren, Entschuldigung für die kleine Unterbrechung der Sendung, ähm ... es ist soeben von der APA Presseagentur eine wichtige Meldung hereingekommen.“ Es ist Robert Kratkys Ö3-Wecker-Stimme. Kratky, räusper dich, du Sau, versteht dich ja kein Trottel! Tatsächlich räuspert er sich jetzt. Ich halt mein Lachen zurück, sonst wischel ich noch den Boden voll. Aber den saudummen Schmäh von ihm, der jetzt kommt, den möcht ich mir doch noch geben. Aus dem Hintergrund ist ein gedämpftes Tuscheln und ein hektisches Papierrascheln durchzuhören. Was ist da los, bitte?! Spinn ich, oder bin ich deppert! Dann plötzlich Totenstille. Als ob es dem Kratky von einer Sekunde auf die andere bewusst wird, dass er *on air* ist, also für ganz Österreich wahrnehmbar. Kratky! Wenn jetzt irgendein Sauschmäh daherkommt, haut dir dein Chef morgen die Zeitungen um die Ohren, ich sag's dir! Noch ein kleines Räuspern, und dann erhebt Kratky abermals die Stimme. „Niki Lauda ist tot.“

In der nächsten Sekunde denke ich an gar nichts. Kratky auch nicht. Er spricht nicht mehr. In mir hallen nur die vier Wörter nach. „Niki Lauda ist tot.“ Dann gebe ich dem Druck nach, halte meinen Dong in das Waschbecken und lasse es rinnen. Ich will in dem Moment nicht alleine sein. Ich kann unmöglich das Bad verlassen. Ich will haben, dass Kratky spricht. Kratky, sprich zu uns! Geh deiner gottverdammten Pflicht als Moderator nach, und mach´ deine verdammte Fresse auf! Wie mechanisch trockne ich mich ab. Zuerst den Rücken, dann den Bauch und zuletzt die Beine. Sprich schon, Kratky, sprich jetzt endlich! Erkläre mir die vier Wörter, die singulär betrachtet unproblematisch sind. Niki – Lauda – ist – tot. Als Satz sind sie eine Wucht. Oh Gott! Du scheißkleines Radio, wie kannst du nur! Du wirst wohl nicht, jetzt, in diesem Moment. Nein, das wirst du wohl nicht. Oh Gott, du kleines Scheißding, du scheiß Radio, wie konntest du nur! Was hab ich dir jemals angetan, du Schweinehund! Ich drehe das Zahnrad für die Feinabstimmung eine Nuance weiter. „Go West“, von den Pet Shop Boys. Nicht einmal den Song hab ich von Anfang an erwischt. Gerade der Anfang mit den kreischenden Möwen und dem Meer ist so gelungen. „Together we will ...“. Und Kratky wird auch etwas gesagt haben. Mittlerweile ist es 8:19 Uhr.

2. Runde: Ein Marshmallowface macht noch keinen Rennfahrer.

Kurzer Rundgang durch die Wohnung. Vier Meter hohe Räume und Sternenparkett, wir sind also keine Bettler, nur dass Sie wissen. Sieht schön aus, die Zimmer im Oval angeordnet. Vormittagssonne und Nachmittagssonne. Im Innenhof spazieren Fasane, dorthin auch gerichtet: Küche, Kinderzimmer, Schlafzimmer. Zur vorderen Aussicht: Arbeitszimmer, Wohnzimmer. Der kleine Niki hätte hier seine ersten Rundenbestzeiten mit dem Dreiradler aufstellen können! Überall Licht! Mehr Licht! Mehr Bild und Ton! Überall Radio und Glotze! Wohnzimmer: Glotze. Küche: Radio Ton, Glotze Bild. Im Vorbeigehen schalt ich den Computer ein. Totale Information, absolut angebracht. In der Küche: Ein Lauftext unter dem Bild: „Niki Lauda ist tot – mehr in der ZIB um 09:00 Uhr.“ Fünf Minuten noch. Zeit zur Kurzanalyse.

An was erinnere ich mich bei Lauda als Erstes? Es sind die geilen Asbestmützen! Tragen die heute auch noch solche Masken? Keine

Ahnung, erzeugen Krebs, darf man vermutlich nicht mehr, sahen aber echt scharf aus! Unter dem Helm war die Asbestmütze. Eine Maske unter der Maske – irritiert mich! Wenn die Rennfahrer die Masken runterzogen, glaubte ich, das Gesicht sei aus Gummi! Schutzmutze, Haut, Haare, zog sich alles wie Marshmallows, Mäusespeck, Terminator One. Und unter der Maske lugten die großen Glubscher heraus, Irritation total, böse Maske, doofe Glubscher, und auch niedlich, aber absolut schrullig, so wie Pandabären. Und dazu die längeren Haare der Fahrer, die 70er-Locke. Jacky Ickx hatte die unvergesslich geile Locke. Die wehte total unbefangen im Wind, und dazu die großen Sonnenbrillen und die halbgeöffneten Rennanzüge. Schon sehr super. Lauda hingegen hatte so kurze Locken, dass sich jedes Haar einzeln einrollte. Dazu natürlich sein Vorbiss, der volle Hammer! An den muss man sich einfach erinnern! Wie das ausschaut, wenn der in einen Apfel beißt, welchen Abdruck der hinterlässt, hab das nie gesehen! Aber im Alter war der Vorbiss nicht mehr so prägnant, stach nicht mehr so raus, weil das Gesicht ein bisserl voller wurde, die absolute Melanzani.

Und natürlich der Crash auf dem Nürburgring. Zuerst in die rechte Leitplanke, dann in die linke, und aus. Ding, dong und peng! Zwischen dem „Bandenzauber" fing das Auto Feuer. Der 200-Litertank riss, und ich glaube, die Zündung schlug den Funken, ist im Grunde scheißegal, Niki war am Grill, im (!) Grill, und der war auf 800 Grad oben. Volles Rohr! Peng! Der Ferrari brach noch im Schleudern in Flammen aus. Am Vormittag die Reichsbrücke, und am Nachmittag Niki in der roten Gurke. Und dazu noch Heinz Prüllers Stimme: „Niki ist nicht ins Ziel gekommen, meine Damen und Herren! Was ist hier los, liebe Motorfreunde. Die Zieleinfahrt ohne Niki! Nur Hans-Joachim Stuck! Ich höre gerade, soeben wird mir ein Signal gegeben, Niki ist verunglückt! Sein Auto hat Feuer gefangen! Ich sehe eine Rettung gegen die Fahrtrichtung rauf zur Nordschleife rasen! Die grüne Hölle! Dort muss es passiert sein, die Nordschleife! Die Streckenposten zeigen die rote Flagge! Das bedeutet Abbruch! Rennabbruch! Niki, was ist los, meine Damen und Herren! Niki, sprich zu uns! Jetzt heißt's Daumendrücken und Flehen zum Himmel! Ganz Österreich drückt die Daumen, meine Damen und Herren! So etwas darf's doch nicht geben! Gott sei uns gnädig! Und grad erfahr ich, Nikis Auto brennt! Meine Damen und He – . Jetzt ist es aus! Ein Unglück! Gott schütze Niki Österreich!"

Natürlich war es nicht so, aber im Grunde war es doch so. Noch heute habe ich die Bilder im Kopf, das grobe Korn der Super 8-Kamera. Die Staubkörner, die Spuren der Kopie, und plötzlich wird Lauda aus dem Auto gezogen, war der Helm schon weg oder nicht, weiß ich jetzt nicht, ist auch scheißegal! Und hinter der verrutschten Asbestmaske, die sich wie ein Marshmallow abziehen lässt, kommt ein verbranntes Gesicht zum Vorschein. Ich brauch Kaffee! Ab in die Küche. Genau richtig! Die Küchenglotze läuft! Jetzt endlich die Bilder! Wie eine Billardkugel schleudert es das Auto von einer Seite zur anderen. Und den Helm fetzt es weg, tatsächlich! Rechte Leitplanke. Feuer. Linke Leitplanke. Crash. Stillstand. Marshmallowface.

3. Runde: Heinke geht in Führung und Molterer bleibt in der Box.

Schalte den Ton dazu. Gebe voll Saft! Der Heinke kommt! Gibt's ja nicht, dass es den auch noch gibt! Hab schon 'glaubt, der ist in Pension. Hans Georg Heinke bekommt den Opener! Sehr geil ... ob der sich freut?

„Meine Damen und Herren, willkommen bei der ZIB um 9. Vor knapp einer Stunde hat uns die medienwirksame Mitteilung erreicht, dass in der Nacht von Sonntag auf Montag der dreifache Formel 1-Weltmeister und nunmehrige Fluglinienbesitzer Niki Lauda verschieden ist. Die Todesursache ist noch unklar. Die Familie schweigt. Niki Lauda laborierte aber schon seit langem an einem Nierenleiden.
Eine Reihe von Politikern und Politikerinnen, allen voran Bundespräsident Heinz Fischer und Bundeskanzler Alfred Gusenbauer, übermitteln den Hinterbliebenen im Namen der Republik ihre tiefe Betroffenheit und Anteilnahme. ‚Niki Lauda war in der Welt zu Hause und ist doch immer ein Österreicher geblieben', so z.B. Fischer. Er sei halt sehr oft von Österreich fort gewesen, weil Österreich im Grunde ein unerträgliches Land sei, wo die Leut' sich nicht waschen und beim Hintern stinken würden. Österreich habe eine identitätsstiftende Persönlichkeit verloren, die gerade in einem kleinen Land gezeigt habe, dass wahre Größe nicht unbedingt mit der Größe eines Landes zusammenhänge. Alles in allem seien die Österreicher daher ziemliche Idioten, weil halt sehr wenig rauskomme, was Wert habe, so der Bundespräsident weiter."

Jetzt setzt Heinke kurz ab, macht den berühmten Hundeblick in die Kamera, schaut mit seinen Schlupflidern aus wie ein geprügelter Dackel, und weiter geht's:

„Der Kanzler würdigt vor allem Laudas Partydurchhaltevermögen, in dem er einem jeden Österreicher und einer jeden Österreicherin ein Vorbild sein könne. Auch habe er nur selten Partys ausgelassen, und wenn gerade keine war, habe er selber eine gemacht und dazu Eintritt verlangt, und sei so ein Garant für die österreichische Volkswirtschaft gewesen. Auf den Tod direkt angesprochen, antwortet der Kanzler nicht ohne Verbitterung: ‚Eigentlich total öd, dass wieder einer weg ist, ausgerechnet der Kapperlträger, den ein jeder und eine jede kennt. Im Grunde voll scheiße, wieder ein Ösi weniger, den die Leut kennen. Kennen tuns eh nur den Hitler, und den Mozart, die halt die Leut kennen!' so der Bundeskanzler. Was Vizekanzler Wilhelm Molterer und Wirtschaftskammerpräsident Christoph-ha-ha-Leitl dazu zu sagen hatten, berichten wir vielleicht in der ZIB 3 um 24 Uhr, was die Opposition sagt, kommt vielleicht nach der nächsten Wahl, oder in einer Belangsendung."

Wieder Hundeblick, wieder Schlupfliderdemut: „Vor dem Parlament ist auch bereits die schwarze Fahne gehisst worden. Dies ist einmalig in der Geschichte Österreichs, dass für einen Nichtparlamentarier solch eine Maßnahme ergriffen wird. Aber wenigstens passiert irgendein Event in dieser verschnarchten Republik. Nun eine Kurzzusammenfassung aus unserer Sportredaktion über das Leben des dreifachen Weltmeisters, und ich darf mich schon jetzt von Ihnen verabschieden und auf die weiteren Nachrichtensendungen hinweisen. Danke für Ihr Zuhören. Wenn nicht anders geplant, dann bis zur nächsten ZIB um 13:00 Uhr. Und bleiben Sie bitte immer fair."

4. Runde: Warum fahren wir plötzlich in Thailand im Kreis?

Was ist das für ein Scheißkurzfeature, was jetzt kommt?! Wohl seit dem Nürburgring von Nierentransplantation zu Nierentransplantation, von Flugliniengründung zu Flugliniengründung, von Geburtstag zu Geburtstag aktualisiert, was? Zum Kotzen! Kaum hat der zum Gammeln begonnen, lag ja vom Papst auch schon eine Konserve bereit, warum also nicht so ähnlich auch von Niki Lauda?

Ich zünde mir eine Zigarillo an, obgleich man ja heute Marlboro rauchen müsst, und mir kommt das Wort Schubumkehr in den Sinn. Schubumkehr! WUMMM! Jetzt Robert Menasse im Kopf, und seinen gleichnamigen Essayband. Schubumkehr! 1991! WUMMM! Jetzt im Kopf die Aufnahmen der abgestürzten Lauda Air über Thailand. Dschungel! Die Thais fladern alles! Handtaschen, Koffer, Fotoapparate. Keine Laptops, keine Handys, gab's damals noch nicht! Ätsch! Alle tot, über 200. In Österreich Stimmung zwischen Betroffenheit und Mediengeilheit! Endlich! Österreich wieder auf einer internationalen Titelseite! Zumindest auf der Gesellschaftsseite. „Gott schütze Niki Österreich!" Das auch. Immer wieder. Hm, sind damals auch Kinderficker verunglückt? Weiß nicht, kann schon sein, oder? Aber immer war klar: Lauda ist unschuldig. Ist ja nicht geflogen. Hat ja schon gepennt und ist von der ORF-ZIB-Spera aus dem Bett geholt worden! „Du, dein

Vogel ist im Arsch!" Niki verstört, aber Niki macht weiter. Niki muss weitermachen. Niki Nazionale. Alles Niki. Auch die Krone weiß: In dem Sommer fliegt jeder mit Niki. Ich lasse die Zigarillo im Aschenbecher verglimmen, der blaue Rauch schaut so friedlich aus. Rauchzeichen für Niki.

Bekomme die letzten Sekunden vom Feature mit, wie Niki auf dem Podest steht und mit der Magnum Moët ins Publikum spritzt. Es ist der junge Lauda. Die Locken, dicht aneinander gedrängt, picken zottig an der Stirn. Der Lorbeerkranz ist um den Hals gehängt und bewegt sich mühsam mit. Dann lässt er sich den Schampus aus der Hand nehmen und bekommt den Siegerpokal überreicht. Interessanterweise mit einem Good Year-Kapperl auf dem Kopf. In meiner Erinnerung ist es ein Leben lang, bis zur Pleite des Nahrungsmittelgiganten, ein Parmalat-Kapperl gewesen, aber dem ist eben nicht so. Der Abspann ist klug gewählt. Man hält eine Momentaufnahme fest. Niki am Podest. Er schaut ins weite Nichts, wie ein kleiner Junge, der am Strand eine Sandburg fertiggebaut hat, erschöpft und glücklich seine Anspannung fallen lässt, durch den Wirbel um ihn herum hindurchblickt und sich im Rauschen der brandenden Wellen verliert. Das Bild verdunkelt sich. Dafür werden weiße Lettern sichtbar. Niki Lauda sowie das Geburts- und Sterbejahr treten hervor. Im Hintergrund zeichnet ein dunkler Lauda-Schatten das Bild. Dann Klappe, Jingle und Werbung.

5. Runde: Arturo Merzario, die gute Seele, fährt immer mit.

Irre! Ein deutscher Autokonzern bedankt sich in einem Spot für die langjährige Treue, die ihm Niki Lauda hielt. Nur ein Lauda ist eben ein Lauda. Ich schalte den Fernseher auf tonlos und gehe auf Ö3. Ö3 spielt die Kinks: „Where Have All The Good Times Gone". Und, Kratky, was nun! Sag uns was, komm! Halt, ist nicht mehr der Kratky, ist die Kati Bellowitsch, auf Ö3 Extra. Schaltet in die Wiener City, Kärntnerstraße, um die Betroffenheitsstimmung einzufangen. Werden sicher alle betroffen sein, haben sicher alle Lauda voll gut gekannt, ein großer Verlust! Heute ist Trauer angesagt, und alle machen mit. Ich auch! Trauer! Weinen! Nur, wo sind meine Tränen geblieben?

Wieder kommen mir die alten Bilder in den Kopf. Sommer 1977, große Hitze, Duell Niki Lauda vs. James Hunt! „Hunt the Shunt!", der alte Partyhaudegen! James Hunt, Kettenraucher und Rauschkugel in einem, Gelage im Fahrerlager ohne Ende, Niki der Brave, Niki der Tüftler. Österreich für den braven Streber, die restliche Welt für die undisziplinierte Rauschkugel. Im besagten Sommer bekam ich kleine Formel 1-Modelle zum Spielen geschenkt. Familienurlaub, italienische Adria, mein Vater Marlboromann, und Rennautos hatte der Marlboro-Dealer. Pro Stange Tschick ein neues Modell. Auf den gelben Verpackungen waren die Formel 1-Kurse abgebildet. Der Zeltwegring, der Nürburgring, Brands Hatch, Monaco, Monza und Spa. Ich baute mit den Balkonmöbeln die Kurse nach. Alles an den Start und Motorgeräusche, solange bis meine Wangen kribblig wurden und der Mund austrocknete.

Unfälle waren der Hammer, Boliden bremsten sich aus, und mit einem Schnalzer wichste es einen aus der Kurve. PENG! Mindestens einer hob ab, wenn nicht beide. In Zeitlupe über den halben Kurs fliegend, bis sich ihre Schnauze in eine Badetasche reinbohrt. Absolutes Highlight, brennende Wagen! Feuerlöschen! Die Stars: Jacky Ickx, Clay Regazzoni, Jody Scheckter, Emerson Fittipaldi, James Hunt, Hans-Joachim Stuck und Graham Hill. Der Start. Alle Motoren glühten. Ins Ziel kamen nicht mehr als vier. Einen Rettungsfahrer gab's auch: Arturo Merzario. Das ist der Fahrer, der Lauda aus dem brennenden Wagen geholt hat. Der war schon startklar, als die Boliden noch nicht einmal in der ersten Kurve lagen.

6. Runde: Niki Nazionale, eine österreichische Zigarre erobert die Welt.

Warum ruft mich niemand an oder schreibt mir eine SMS? Warum rufe ich niemand an, oder schreibe ich eine SMS? Wir sind zu cool! Wir stecken noch in den scheiß 80er-Jahren fest, ich sag's immer wieder. Absolut festgefahren, macht aber nix. Wir sind zu cool und scheißen auf die Vergoldung. Auch schwer o.k. Ich gebe die drei Wörter in mein Handy-Display ein: „Niki ist tot". Klingt total bescheuert, wenn das nicht der ORF macht. Voll peinlich. Ich stecke mein Handy wieder weg und schau in den Kühlschrank. Nicht viel los. Ich öffne das Gefrierfach. Zwei Stück Pizza sind noch da. Passt genau für das Mittagessen, Junkfood für Niki. Einkaufen fahr ich am Nachmittag. Starlight geht immer so gern shoppen, und somit steht das Nachmittagsprogramm.

Zum Computer. Habe vergessen, Inode einzuschalten. Noch einmal warten. Ich hasse warten! Zappe die Fernsehprogramme durch. Auf wie vielen Sendern wird Niki zu sehen sein? Zwei, drei, oder gar vier? Schätze fünf Sender. Beim zwanzigsten Sender lasse ich es lieber. Niki war genau ein Mal im Bild, und das auf RTL. Niki im Sendewagen. War Niki international? „Niki Nazionale" hat der Prüller immer gesagt, ist dem Prüller seine Erfindung. „Niki Nazionale", das hat was Schönes. Klingt wie eine Zigarre. Über die Todesursache ist noch immer nichts bekannt. Es heißt immer nur „Im Beisein seiner Familie ... ." Im Jumbo, im Urwald, wo denn, das würden wir gerne wissen! Das Norton-Zeichen erscheint gerade auf dem Monitor, also kann ich online gehen.

Rufe meine Mails ab. Nichts von Niki. Gehe nun auf meine Office-Adresse, die Spam-Schlammschlacht kann beginnen! Nichts, nichts, nichts, aber jetzt! Ausgerechnet die letzte E-Mail! „Nikis letzter Wunsch!" heißt der Dreck, aber lachen muss ich trotzdem! Eine Viagra-Pille und dazu noch ein ziemlich unappetitlicher Monsterschwanz. „Ficken wie Niki!", steht noch dabei. Ich gehe auf Google und tippe Niki Lauda ein. Ich klicke Fly Niki an und bekomme nur den Hinweis, dass alle Fly Niki-Flüge zur Zeit über Air Berlin zu buchen sind, da die Niki-Homepage zur Zeit zusammengebrochen ist. Ich klicke die Wiki-Page an, die ist zur Zeit auch runtergenommen, vielleicht zusammengebrochen oder in Arbeit, jemand will sich den neuen Eintrag sichern. Ein Blick auf die Tageszeitungen – klar, überall der Aufmacher.

Ich gehe auf die Lesermeinungen:
Anna 17 meint: „Ich habe nie ein Autorennen von Niki ange-

schaut. Dafür war ich viel zu jung. Aber Niki war immer so da mit seiner Flugzeuglinie und so. Niki war immer was wie ein guter Fernsehonkel. Coole Werbungen auch!"
Flex meint: „Was flennst du dem Alten nach, hat doch eh alles erreicht in seinem Leben!!! Mit dem könnt ich glatt tauschen!"
Antwort auf Flex von 4711: „Und nur mit einem Ohrwaschl herumzurennen?! Bist deppert?!!"
Darauf antwortet Flex: „Das hat der Petrus auch müssen!"
Anna 17 antwortet Flex: „Du und 4711, ihr seids soooo gemein! Wissts ihr das eigentlich?"
Darauf Flex: „Wenn du ein junges Puppi bist, hättest bei dem Alten glatt eine Chance gehabt!"
Anna 17: "Schwein!"
Flex: „He, he, he!"

Auf der zweiten Google-Seite zu Niki Lauda finde ich den Link zu „Witze, Niki Lauda Witze." Ich klicke die Seite an. Es sind zwei Witze vorhanden. Der erste geht irgendwie so: Trifft eine Schlange auf einen Elefanten. Fragt der Elefant die Schlange, welches Tier er sei. Antwortet die Schlange: „Deine langen Ohren, die Stoßzähne und der Rüssel, du kannst nur ein Elefant sein." Der Elefant nickt zufrieden. Die Schlange will nun vom Elefanten wissen, ob er weiß, welches Tier sie sei. Antwortet der Elefant: „Keine Ohren, keine Haare am Kopf, du musst der Niki Lauda sein."

Der nächste Witz: Lauda sucht einen Mechaniker. Drei stellen sich bei ihm vor. Er fragt den ersten, ob ihm denn bei ihm etwas auffalle. „Sie haben kein Ohr!", antwortet der Mechaniker wahrheitsgetreu. Lauda schickt ihn nach Hause. Fragt er den zweiten, ob ihm denn bei ihm etwas auffalle. Antwortet dieser: „Sie haben keine Ohren!“ „Raus!“, schimpft Lauda und ruft den dritten zu sich. Auf die selbe Frage antwortet der Dritte: „Sie haben Kontaktlinsen.“ „Ja richtig!“, antwortet Lauda. „Sie haben den Job. Eine Frage noch: Wie sind Sie denn auf die Kontaktlinsen gekommen?“ Antwortet der dritte Mechaniker: „Wie sollte denn ein Brillenbügel halten, ohne Ohren!“

Ich gehe aus dem Netz. Lauda war eigentlich viel cooler. Als man ihn auf Partys wegen seines fehlenden Ohrs komisch ansah, soll er zu den Leuten gegangen sein und sie Folgendes gefragt haben: „Entschuldigung! Haben Sie vielleicht mein Ohrwaschl gesehen, ich muss es gerade wo verloren haben.“

7. Runde: Starlight bremst alle aus.

Es läutet an der Türe. Ein kleiner Stich geht durch mein Herz. Läuten hat meistens etwas mit eingeschrieben Briefen zu tun, und eingeschriebene Briefe sind meistens nicht angenehm. Die Panik weilt nur kurz. Es ist meine Tochter. Sie heißt Clarissa und hat 100.000 Spitznamen. Zur Zeit nenne ich sie am liebsten Starlight. Nur wunderbare Menschen nennt man Starlight. Ich öffne Starlight die Haustür, sperre die Wohnungstür auf, gehe in die Küche und schalte das Backrohr ein. Zur „Feier des Tages“ soll es ja Tiefkühl-Pizza geben.

„Hi! Wie war's in der Schule?“, frage ich nach. „Lustig!“, antwortet sie. ‚Lustig’ beinhaltet eine ansehnliche Bandbreite. Es reicht von ‚Wirklich lustig!’ über ‚Geht so’ bis zu ‚Irgendwie war es beschissen, aber davon erzähle ich dir erst später ...'. „Was gibt's zum Essen?", ist ihre nächste Frage, die zumindest die Möglichkeit ‚wirklich lustig' ausschließt. Wirklich Lustiges wird sofort erzählt, nachdem der Rucksack in irgendeiner Ecke landet. „Pizza", antworte ich so nebenbei und reiße die Verpackungen auf. Weiters scheint man an der Front keinen Nachschub zu brauchen. Denn die Forderung ‚Wir brauchen für die Schule ...' wird sofort nach dem ‚Was gibt's zum Essen?' angehängt. Ich breite ein Backpapier auf dem Blech aus und lege die zwei Pizzas drauf. Der Geruch von Karton, Plastik, Käse und Konservierungsmittel steigt auf, momentan finde ich das sehr beschaulich, ja, fast fühle ich mich geborgen und glücklich. Mittlerweile hat es zu regnen begonnen, der senffarbene Himmel wechselte zu einem tiefgrauen. „Warst du noch nicht einkaufen?", fragt Clarissa Starlight nach. „Nein, noch nicht, warum?", antworte ich. „Weil du immer irgendwas Fertiges machst, wenn du keine Zeit zum Einkaufen gehabt hast." „Ja, ich hab zu tun gehabt", antworte ich ihr, ohne weiter darauf einzugehen. Vielleicht kommt jetzt die Attacke mit dem Einkaufen, denke ich mir. Das wäre jetzt vor dem Mittagessen so ziemlich die letzte Chance, eine angestrebte Anhäufung von Gütern einzufädeln. ‚Da fällt mir gerade ein, ich brauche für die Schule ...' wäre solch ein gelungener Opener.

Das rote Licht am Herd erlischt, und ich schiebe die Pizzas in das vorgeheizte Backrohr. So nebenbei ertappe ich mich dabei, dass ich, aus welchem Grund auch immer, Clarissa Starlight Nikis Tod vorenthalten habe. Aber Clarissa spürt, dass irgendwas in der Luft liegt. „Wie geht's dir?", bohrt sie mit dem Instinkt eines Kindes nach. Kind ist sie ja keines mehr, immerhin schon zwölf Jahre alt, aber die Fähigkeit, Stimmungen sehr schnell wahrzunehmen, ist ihr geblieben. „Geht so, danke“, antworte ich. Mir kommt meine Stimme etwas schroff vor, als ob ich mich schon dadurch verraten hätte. „Ist irgendwas los?“, fragt sie nach. Plötzlich ärgere ich mich über mich selber. Ich mach ja schon ein Getue, als wäre ein Verwandter gestorben! „Alles in Ordnung!“ antworte ich, ohne mich zu ihr umzudrehen. Ich sehe durch die spiegelnde Fensterscheibe, wie sie ihre Lernsachen aus ihrem Rucksack nimmt und mit der Aufgabe beginnt. Ich höre, wie sie mit jeder Handbewegung die Füllfeder ins Papier ritzt. Ich drehe mich zu ihr um und sage: „Niki Lauda ist tot.“

Clarissa Starlight schenkt mir einen unverwandten Blick. In diesem Moment spüre ich, dass irgend etwas aus ihren Augen verschwindet. Ich will jetzt nicht von Verlust reden, das wäre übertrieben, aber die Welt scheint sich doch von einer Sekunde auf die andere verändert zu haben. „Mei, schiach!“, antwortet sie. „Warum?“, kommt es etwas zu scharf aus meinem Mund, zu gierig, diesen Moment einfangen zu wollen. „Der war immer so lieb!“, antwortet sie. „Lieb?“, frage ich nach und komme mir dabei schlecht vor, weil ich schon eine gewisse Vorahnung habe, dass ich aus ihren Aussagen etwas Literarisches machen werde. „Da schau, da ist er noch mit der Fly Niki auf der Zeitung oben“, sagt sie mit bedachter Stimme. Sie schiebt die Lernunterlagen zur Seite, nimmt sich die Zeitung her und wirft einen genaueren Blick auf das Inserat. „Kannst du den Fernseher einschalten?“, bittet sie mich. Ihre Bitte hat nun etwas Forderndes, sie weiß, dass ich es hasse, beim Essen fernzusehen, sie weiß, wie wichtig mir unsere Tischgespräche sind, aber mit ihrem bestimmten Tonfall setzt sie sich darüber hinweg.

„Ich will wissen, warum Niki gestorben ist und alles, was dazugehört." Sie schaut auf die Küchenuhr. Der Minutenzeiger springt gerade auf die volle Stunde. „Jetzt kommen gleich die Nachrichten!" „Ich glaub, die haben wir gerade verpasst", antworte ich ihr, weil ich weiß, dass die Uhr einige Minuten nachgeht. Kein zweites Mal Hans Georg Heinke, ist mir auch recht. Tatsächlich sind die Nachrichten schon vorbei. Dafür kommen die Simpsons. „Können wir trotzdem eingeschalten lassen?" Ich nicke und schaue ins Backrohr, ob die Pizzas schon Farbe bekommen haben.

Wir schauen uns die Simpsons an und müssen dabei viel lachen. Es wäre gelogen, zu behaupten, dass die Stimmung im Arsch sei. Bart und Lisa Simpson glotzen gerade die Itchy and Scratchy Show. Sie halten sich vor Lachen die Bäuche, und auch wir grinsen über das ganze Gesicht. Itchy flüchtet vor Scratchy, und Scratchy nimmt die Verfolgungsjagd mit einem Auto auf. „Hast du eigentlich Niki gekannt?", fragt mich Clarissa, und ich muss diese Frage gewichten, da sie uns aus den Simpsons rausreißt und wieder in die Realität zurückbringt. „Ich nicht", antworte ich ihr, „aber dein Opa." Sie reißt kurz ihre Augen auf. „Echt?!" In ihren Augen ist jetzt keine Sensationsgier, aber sie freut sich, dass zumindest einer aus ihrer Familie schon mal mit Niki zu tun gehabt hat. „Ich zeig dir nachher einen Bildband vom Opa. Er hat Niki fotografiert.", antworte ich ihr und muss mir zu meiner eigenen Schande eingestehen, dass ich erst jetzt schnalle, dass mein Vater ja Niki einmal fotografiert hat. „Wann hat Opa Niki fotografiert?", will Clarissa wissen, ohne ihren Blick von den Simpsons abzuwenden. Dazu nimmt sie ein Stück Pizza in den Mund. „Ich weiß nicht mehr, wann es war, aber es war auf einer Veranstaltung, wo Niki auf einem Podium saß."

„Was heißt Podium?“, fragt sie nach. Ich räuspere mich. Ich freue mich immer, wenn ich ihr Wörter erklären darf. „Ein Podium ist bei einer Diskussion der Platz auf der Bühne, wo die Diskussionsteilnehmer –“. „Ich weiß schon!“, unterbricht mich Starlight. Normal werde ich wütend, wenn sie mich unterbricht, vor allem, wenn sie etwas wissen will und mich dann nicht ausreden lässt, aber ich unterdrücke meinen Wutausbruch. „Und da hat Opa Niki fotografiert?“, fragt sie nach. „Ja“, antworte ich. „Hat er ihn auch richtig gekannt?“, fragt Starlight nochmals nach. „Nein“, antworte ich ihr, „aber er ist einmal mit der Lauda Air geflogen und da war Niki Kapitän, also Pilot.“ „Cooool“, antwortet Clarissa und zieht dabei das „u“ besonders in die Länge. Das macht sie nur, wenn ihr etwas besonders gut gefällt. „Und wie war das?“, fragt sie nach. „Opa war gleich bei den ersten auf der Bordstiege, plötzlich steht Niki vor der Bordkabine und spricht gerade mit einer Stewardess. Opa war mit einem Freund unterwegs und hat Niki sofort gefragt, ob er ihn mit seinem Freund fotografieren darf. ‚Das muss jetzt aber schnell gehen!‘ hat Niki geantwortet. Opa hat daraufhin zwei, drei Mal abgedrückt und Niki hat sich nach den Fotos sofort in seine Pilotenkanzel zurückgezogen.“ Clarissa schaut mich an. „Echt?“ „Ja. Zumindest hat das Opa so erzählt. Wie dann Niki die Gäste durch die Lautsprecher begrüßt hat, haben alle applaudiert, das gleiche war dann bei der Landung. Da ist Niki aber nicht mehr raus, sondern hat seinen Co-Piloten zur Verabschiedung geschickt.“ „Warum ist er nicht mehr raus?“, fragt mich Clarissa. „Weil er vermutlich keine Autogramme schreiben wollte“, antworte ich, merke aber sogleich, dass mein Witz nicht durchgeht. „Schade“, antwortet Starlight. „Vermutlich hätte das zu ungewollten Verspätungen geführt“, antworte ich und ertappe mich dabei, wie ich Niki verteidige. „Ach so“, antwortet Clarissa, „hab schon geglaubt, dass er plötzlich seine ganzen Gäste nicht mehr mag.“

8. Runde: Stammzellen gehen in Führung! Die Nierenzotten im Windschatten!

„Darf ich zum Computer?“, fragt mich Clarissa. „Hast du deine Aufgaben auch fertig?“, frage ich eher aus einem Pflichtbewusstsein heraus, als dass ich jetzt wirklich die Gouvernante spielen will. „Ja, ja. War eh nicht viel. Ich hab nur die Englisch-Vokabeln übertragen müssen.“ Ich nicke ihr zu, da ich den Computer zur Zeit nicht benötige. „An was ist denn Niki gestorben?“ fragt sie mich, während sie wartet, bis alle Programme hochgefahren sind und sie online gehen kann. „Keine Ahnung“, antworte ich und finde es komisch, dass ich mir diese Frage den ganzen Vormittag noch nicht gestellt habe. „Es ist nichts darüber berichtet worden.“ Starlight dreht sich mit dem Sessel und holt sich dabei immer wieder an der Schreibtischkante Schwung. „Bitte lass das!“, weise ich sie zurecht. Mein Zorn bezieht sich im Grunde jedoch auf mich selbst. Mich ärgert es immer, wenn ich meiner Tochter nicht die gewünschten Antworten geben kann. Eine alte Elternkrankheit, gegen die ist man machtlos. „Die Niki-Familie hat ganz einfach bekannt gegeben, dass Niki an einem natürlichen Tod gestorben ist. Das ist alles. Der natürliche Tod schließt sämtliche Unfälle oder einen Mord aus.“ Clarissa bremst den Sessel ab. „Mord klingt ziemlich gruselig“, antwortet sie mir. „Ich tippe auf Nierenversagen“, antworte ich ihr leider Gottes in einem altklugen Tonfall, als ob ich der Primar vom AKH wäre. „Niki hat vier Nieren in sich gehabt, weil seine eigenen zwei nicht mehr gut gearbeitet haben. Ich glaub, das hat mit den vielen Medikamenten zu tun, die er verschrieben bekommen hat, als er auf dem Nürburgring den Crash gehabt hat.“ „Hey geil, das war ja der Unfall, wo sein Auto in Flammen aufgegangen ist!“, antwortet sie. „Die Nieren entgiften den Körper“, versuche ich nachzuhaken. Jetzt spielt Clarissa mit der Maus herum, mir scheint es, als würde sie eine GP-Runde simulieren. „Verstehe ich jetzt alles nicht! Ich wollt ja nur wissen, wie er gestorben ist.“ „Vier Nieren!“, antworte ich ihr, stehe dabei vom Ohrensessel auf und gehe einige Schritte zum Schreibtisch nach vor. „Vier Nieren, die hängen dir wie Zotten im Körper herum“, antworte ich ihr und zeige irgendwo in meine untere linke Bauchhälfte, wo ich die Nieren vermute. „Hör auf!“, schimpft sie mit mir. „Warum?“, frage ich scheinheilig nach, ich weiß ja, was sie entsetzt! „Das klingt gruselig. Ich will das alles nicht hören!“ „Und warum nicht?“ „Weil Niki so nett ist! Da passen die komischen Zotten nicht dazu.“ Bei Zotten zieht sich ihr Körper zusammen. O.k., denke ich mir. Lauda Air, Fly Niki und die Formel 1 haben nichts mit Zotten am Hut.

9. Runde: Das Unangenehme an Horrormärchen ist ihr wahrer Kern.

Ich räume das Wohnzimmer auf, irgendwie muss ja auch an Tagen wie diesen was weitergehen. Ich hasse nichts mehr als unaufgeräumte Zimmer, sie geben einem das erbärmliche Gefühl, sein Leben nicht im Griff zu haben. Ich öffne auch die Fenster, um noch einmal anständig durchzulüften. Die Verbindungstür zum Arbeitszimmer lasse ich geöffnet, Starlight wird sicher bald etwas wollen, und so höre ich sie besser. Ich sehe, wie Starlight von einer Page auf die andere surft. „Ich halte dich auf dem Laufenden!", ruft sie mir zu. „Gut so", antworte ich. Sie scheint viel mehr Energie aufzubringen als ich, zumindest liest sie aufmerksam die Headlines. „Sind zur Zeit keine Autorennen?", ruft sie mir entgegen. „Nein", antworte ich ihr, während ich gerade die Kuscheldecken zusammenlege. „Die Saison ist gerade vorüber. Ich glaub, im Januar starten sie in Australien aufs Neue. Bis dorthin haben die Rennfahrer einmal Urlaub und verbessern danach mit dem ganzen Team die Autos, damit sie im nächsten Jahr an der Spitze mitfahren können." „Schade!", ruft sie zurück, „die hätten heute sicher eine Trauerrunde für Niki gemacht." Die Idee gefällt mir. Ich spüre, wie sich für einen kurzen Moment meine Augen befeuchten.

„Aber in Wien ist eine Minute kein Flugzeug!", antwortet Starlight, ohne den Satz fertig zu sprechen. Sie rutscht vom Sessel, kommt ins Wohnzimmer und nimmt in jede Hand eine der Teetassen, die gestern Abend stehen geblieben sind. „In Wien am Flughafen ist eine Minute lang kein Flugzeug gelandet und abgeflogen. Die Fly Niki und auch die Lauda Air haben ein Flugzeug aus der Garage geholt ...". „ ... ‚aus dem Hangar' geholt, meinst du, so nennt man den Ort, an dem die Flugzeuge abgestellt und gewartet werden." „Ist ja jetzt egal!", schimpft sie mit mir, weil ich ihr scheinbar die Pointe vermasselt habe. „Jedenfalls stehen jetzt zwei Flugzeuge, eines von der Lauda Air und eines von der Fly Niki nebeneinander und haben eine große schwarze Schleife über der Flugzeugschnauze!" Ich spüre, wie Clarissa diese Aktion berührt. Für Mädchen in ihrem Alter ist es üblich, Emotionen zuzulassen, Jungs brauchen dafür einen Fußballplatz oder eben ein Autorennen. „Ganz lieb!", antworte ich mit kratziger Stimme. Kurz darauf muss ich ein paar Mal schlucken, keine Ahnung, wie weit mir das alles am Arsch vorbeigeht oder mich doch berührt. Starlight stellt die Teetassen einige Meter weiter wieder ab und hüpft zurück zum Computer. Es scheint ihr Spaß zu machen, mich mit kleinen Sensationen zu füttern.

Ich schlage die Bettdecken zurück, klopfe die Polster auf und räume den Geschirrspüler ein. Zuerst wasche ich noch schnell über die Teller, weil sich schon Krusten von der Tomatensauce gebildet haben. Starlight kommt mit keinen Neuigkeiten. Vermutlich hat sie schon das Interesse verloren und spielt ein Computerspiel, ist in ihrem Schülerchat oder ladet sich Fotos auf ihr Handy. Ich gehe nun gegen den Uhrzeigersinn durch die Wohnung, schließe alle Fenster und schalte die Heizung wieder ein. Der Regen hat sich mittlerweile in Schneeregen verwandelt. Nässedurchtränkte weiße Patzen sausen schräg an den Fenstern vorbei. Ich beuge mich kurz zur Scheibe und sehe, wie der Brei auf den Autodächern liegen bleibt. Starlight ist noch immer auf irgendeiner Niki-Page. Ich freue mich, dass sie beim Thema geblieben ist und sich nicht irgendein Spiel reinzieht. „Hey, Schneeregen, schau!" Aber Clarissa reagiert nicht darauf. „Was gibt's Neues?", frage ich nach und bleibe dem Computer absichtlich fern, um ihr nicht die Show zu stehlen. „Papa, was sind denn Stammzellen?", fragt sie mit besorgtem Unterton nach. Ihre Stimme ist dabei eine Nuance tiefer als sonst, manchmal glaube ich, ihre Lunge beginnt dabei zu vibrieren. „Stammzellen, ja, das sind Zellen, die am Stamm liegen", versuche ich witzig zu sein und erinnere mich an planlose Biologieprüfungen zurück, bei denen ich zwar die Lacher auf meiner Seite hatte, leider aber nicht die Noten. „Ha, ha, sehr witzig!“, antwortet mir Clarissa. „Ja, das sind Zellen, die man dem Gewebe, also dem Körper entnehmen kann, die werden dann tiefgefroren und so haltbar gemacht. Ich glaub, die braucht man, wenn man Krebs hat oder so, und den mit gesunden Zellen bekämpfen will. So genau weiß ich das aber nicht“, gebe ich offen und ehrlich zu. „Da wird behauptet, dass man Niki bei seinen Operationen Stammzellen entnommen hat. Und die leben jetzt noch weiter, obwohl er schon tot ist. Dann postet einer, dass man daraus schon einen neuen Niki machen kann.“ „Schwachsinn!“, widerspreche ich lautstark und bin mir bei Gott nicht sicher, in welchen Meilenschritten sich die Forschung nach dem geklonten Schaf Dolly weiterentwickelt hat. Zugleich spüre ich das Kratzen in meinem Hals wieder. Wird doch wohl eher eine drohende Verkühlung sein als ein aufkeimendes Mitgefühl. „Die Leut’ lesen zu viele Horrormärchen, ohne dass sie sich wirklich auskennen!“, schimpfe ich, ärgere mich aber zugleich, dass ich ihr keine qualifizierte Antwort geben kann.

Starlight klickt ungeduldig ein Posting an. „Da steht aber, dass das in Amerika schon alles möglich ist, nur bei uns haben sie das verboten.“ Meine Worte! Wer weiß schon wirklich, was in abgelegenen Labors alles gemacht wird. „Das Wichtigste ist, dass du den Postings nicht alles glaubst. Das sind keine fundierten, also durchdachten Zeitungsartikel, sondern einfach nur Meinungen.“ Sie dreht ihren Kopf kurz zu mir und schaut mich kritisch an. Ich kenne dieses Gesicht. Es ist sehr entlarvend, ich schäme mich. „Und was, wenn das doch alles stimmt?“ „Dann haben wir morgen zehn kleine Nikis!", antworte ich ihr und überkreuze dabei meine Finger hinter meinen Rücken. Ich will da nicht den Propheten spielen. „Und warum gehst du nicht auf die Wiki und schaust nach, was Stammzellen sind?" „Später", antwortet sie mir, geht offline und rutscht wieder vom Sessel. „Schauen wir uns heute noch die Nachrichten an?" „Ja, freilich", antworte ich in einem Tonfall, als wäre ich der Meister Petz. Ich bin beruhigt, dass sie eine seriöse Wissensbildung den Spekulationen vorzieht. „Und die werden das Gleiche sagen! Wir bekommen zehn Nikis!", antwortet sie mir fast sensationsgierig. „Mindestens zehn. Wenn es deine Phantasie beflügelt, können es auch hundert sein!" Kurz sind wir still, als ob wir uns die Nikis vor Augen führen müssen.

„Und, alles in Ordnung?". „Ja, schon", antwortet sie mir und schaut dabei wie übermüdet auf den Perserteppich am Fußboden. Kurz glaube ich, dass sie krank wird, ihr Gesicht schaut plötzlich überhitzt aus, die Augen leicht gläsern. „Aber?", frage ich nach. „Ja, ich weiß nicht. Sind von uns auch irgendwo Stammzellen eingefroren?" „Nein." „Und warum nicht?" „Weil wir nicht drei Mal Formel 1-Weltmeister geworden sind und uns auch keine Fluglinie gehört. Sonst noch Fragen?" Die Röte ist aus ihrem Gesicht gewichen, die Augen haben sich wieder stabilisiert, keine Ahnung was da vorhin gerade los war. „Ja, ich weiß nicht. Zotten im Bauch und eingefrorene Stammzellen, das klingt alles sehr gruselig. Niki ist tot, und jetzt lebt er doch irgendwie weiter."

10. Runde: Wolfi Bauer tankt Bier, und James Hunt schmeißt eine Party.

Ich rufe mir nochmals die Helden vergangener Tage ins Gedächtnis. Jody Schekter, Clay Regazzoni, Jacky Ickx, Emerson Fittipaldi, James Hunt und Graham Hill. Graham Hill, ich glaube, den hatte ich vorhin noch nicht auf meiner Liste, das war der superseriöse Rennfahrer, ein echter Sir mit Schnurrbart, der Beefeater unter den Rennfahrern, sozusagen. Um ehrlich zu sein, ist er mir durch seinen Sohn, Damon Hill, in Erinnerung, der für mich immer eher wie ein BritPop-Gitarrist als wie ein Rennfahrer ausgeschaut hat, ganz nett, der Bursche. Aber James Hunt war für einen Jungen wie mich einfach eine Stufe über allen. Einmal mehr beneide ich die Engländer, die die verrücktesten Geschöpfe auf Gottes Erden herausbringen, aber trotz aller Verrücktheit etwas Kultiviertes an sich haben. Richard Burton zum Beispiel wäre nicht Richard Burton, wenn er nicht Brite wäre. Schlussendlich muss es wohl die Rache Hollywoods gewesen sein, dass Burton als Nichtamerikaner zwar sieben Mal für den Oscar nominiert wurde, ihn aber niemals bekam. Böse Zungen behaupten ja, er hätte auf der Bühne auch einen zu guten Shakespeare gespielt, um jemals einen Oscar zu erlangen. Und Burton war ja die längste Zeit mit Susan Hunt verheiratet, der Exfrau von James Hunt, bleibt also doch alles wieder irgendwie in der Familie. Hunt, der Hund, möchte mal wissen, mit wie viel Restalkohol der so manches Rennen gewonnen hat.

Vielleicht ist das auch schon das ganze Geheimnis, das hinter den Rittern der alten Zeit steht: Man kann ihnen unendlich viel andichten, ohne den Beweis antreten zu müssen, dass dies wirklich so war. Aber die Typen waren damals geschmeidiger, das beweisen einfach die Fotos.

Wolfi Bauer, der Grazer Dramatiker, kommt mir in den Sinn. Mit dem hätte ich jetzt gerne gequatscht, den hätte ich auch anrufen können! Der hatte nicht so ein verklemmtes Verhältnis zum Sport wie die meisten Kunstfuzzis. Ich ziehe mein Handy aus der Bauchtasche, drücke die Menütaste und klicke das Telefonbuch an. Ich drücke den Buchstaben „B“. Wolfgang Bauer erscheint auf meinem Display. Ich habe nach seinem Tod die Handynummer eingespeichert lassen, ich weiß, dass das scheißnostalgisch ist, aber man ist eben auch nur ein Mensch. Ich schließe meine Augen, und los geht's.

„Hi Wolfi, Wanko am Telefon, wie geht's?“

„Servus Wanko, du, ich schau grad im Fernsehen was an, hast du was Dringendes?“

„Nein, nur so. Was schaust denn grad an?“

„Ja, da Lauda ist ja gestorben, und seine Familie sagt nicht wie und was, jetzt sind da Stammzellen aufgetaucht und wilde Spekulationen, he, he, he.“

„Das ist ja fast unglaublich!“

„Pass auf Wanko, jetzt haben s' die Idee, den Leichenwagen von der Zita aus der Wagenburg in Schönbrunn zu holen und den Lauda mit dem Wagen den ganzen Ring entlang zum Zentralfriedhof zu führen, mit acht weißen Schimmeln, oder was. Und daneben leben seine Stammzellen weiter, he, he, he!“

„Sehr arg. Hast du den Niki einmal persönlich kennen gelernt?“

„Ja, sicher. Das war am Österreichring. Ich hab da vom Steps eine VIP-Card bekommen und vom Helmut Marko einen Pass für die

Boxen. Da Fredi und ich, wir hätten da was mit Literatur machen sollen. Daraus ist aber nix worden. Da Fredi war dann net einmal oben in Zeltweg, aber ich hab mir das ganze Spektakel ein Training lang live gegeben."

„Und wie war's?"

„Ja, du, eine Sensation! Wenn da Niki nach dem Training bei der Zielgeraden vorbeigegangen ist, haben sich immer dort, wo er gerade war, im Zuschauerraum Trauben gebildet, kann man sich gar nicht mehr vorstellen! Da war ja der Franz Klammer auch dort, den hat ja überhaupt kein Mensch mehr gekannt, ja keine Sau, beim Berger hams nur deppert g'schaut, aber beim Lauda sans alle narrisch worden! Wie die Groupies!"

„Und hast du ihn dann persönlich auch kennen gelernt?"

„Wir sind uns kurz vorgestellt worden und er hat mich gefragt, ob wir auf ein Bier gehen. Aber da kann man halt net wirklich reden, weil andere auch noch dabei sind. Da ist es dann um die Dominanz vom Schuhmacher gegangen und ob das jetzt wirklich noch gut ist für die Formel 1, wenn einer alleine des alles dominiert. Pass auf Wanko, jetzt kommen gleich wieder die Nachrichten, da Prüller ist schon im Bild! Der schaut ja aus, a Wahnsinn, der is ja schon den ganzen Tag fett wie ein Almhaus! He, he, he ... und keiner weiß, was mit dem Lauda los ist, vielleicht lebt er ja noch, he, he, he. Das wäre ja im Grunde schon wieder ein Theaterstück, zumindest a geiler Text, he, he, he. Wennst Lust hast, schaust bei mir auf ein Bier vorbei am Abend, ich bin eh z'Haus."

Ich klappe mein Handy zu und stecke es ein. So könnte es gewesen sein, denke ich mir, und anstatt nachdenklich zu werden, bin ich von meinem ausgedachten Gespräch erheitert.

Tatsächlich, gerade jetzt eine SMS! Vielleicht mein Vater, aber der weilt gerade im Ausland und wird von dem Ganzen noch nichts mitbekommen haben. Meine Frau, sie kommt mit dem Direktzug aus Wien um 18:34 Uhr an, ob wir sie abholen können, will sie wissen. Ich antworte ihr, dass wir pünktlich am Bahnhof sein werden. Über Nikis Tod mache ich keine Bemerkungen, da das alles zu langwierig werden könnte und es meine Frau letztlich eher konsterniert zurücklassen würde, da ich mich in den letzten Jahren ja nicht unbedingt als Benzinbruder geoutet habe. Ich schau kurz auf die Uhr, es ist genau 16:00 Uhr. Für einen Moment denke ich, ich sollte die Nachrichten einschalten und ertappe mich dabei, dass ich im Laufe des Nachmittags wieder alle Fernseher und Radios abgeschaltet habe. Bahnbrechende Neuigkeiten wird es nicht geben, vielleicht werden sie auch für die Abendnachrichten zurückgehalten, zumindest habe ich jetzt keine große Lust, den Fernseher einzuschalten.

Bevor wir meine Frau abholen, sollten wir einkaufen gehen, denke ich mir und schlapfe zum Kinderzimmer. Das Erste, was ich sehe, ist die Leiter, die gegen den Türrahmen gelehnt ist. Starlight muss sich also was aus einem oberen Regal geholt haben. Das Zweite sind Starlights Füße, die wie ein Bildausschnitt zu sehen sind. Sie spielt verträumt mit einem Formel 1-Boliden, es ist der einzige, den ich ihr jemals geschenkt habe, es ist der gelbe Jordan, der Benson&Hedges-Jordan, der von Damon Hill. Sie bewegt ihn hin und her, er quietscht leicht. Entweder will Starlight, dass ich sie beim Spielen beobachte, oder sie hat mich wirklich nicht kommen gehört. Plötzlich hebt ihre Hand mit dem Jordan ab, als ob es ihn aus der Kurve wirft, dann landet er wieder, gerät aber ins Schleudern, dreht sich um die eigene Achse, hat wieder Grip und gast erneut ab. Unweigerlich kommen mir die Bilder aus meiner eigenen Kindheit in den Sinn, und ich räuspere mich. Starlight erschrickt, kurz zieht sie eine rote Farbe auf, als ob es ihr peinlich wäre, beim Autospielen ertappt worden zu sein. „Das ganz genau gleiche Spiel habe ich früher auch immer gemacht", verrate ich ihr. Sie setzt sich sofort auf und will nun alles genau von mir wissen. Ich erzähle ihr die Geschichte von meinen Autorennen und sehe, dass ihre Augen zu leuchten beginnen. Sie liebt es, Geschichten aus meiner Kindheit und Jugend zu hören, die in sich geschlossen sind und sehr harmonisch ablaufen. Ich spüre regelrecht, dass es ihr leid tut, nicht das Gleiche erlebt zu haben, also räume ich ein, dass ich die Rallye-Rennwagen, die aufgemotzten Straßenautos im Grunde immer cooler gefunden habe, weil sie viel mehr mit dem Leben „auf der Straße" zu tun haben. Einzig und allein die Formel 1-Fahrer waren spannend, weil sie uns durch die Medien näher gebracht wurden. „Nach den Nachrichten", unterbricht sie mich, „spielen wir dann auf der Play-Station Rallye? Wir könnten ja so tun, als ob die Rallyepiloten die Namen aus der Formel 1 hätten." „Super Idee! Komm jetzt, wir müssen noch schnell einkaufen fahren, damit wir rechtzeitig die Mama vom Bahnhof abholen können." Clarissa springt auf und schlüpft in ihre Turnschuhe. „Wer willst denn du sein?", frage ich sie, während wir das Stiegenhaus runterlaufen. „Ich? Der Niki!", antwortet sie mir selbstverständlich. „Und du?" Kurz bleiben wir am Briefkasten stehen. „Hunt, James Hunt!", antworte ich ihr. „Hat der was mit James Bond zu tun?" „So kann man das auch sehen", antworte ich ihr und schaue kurz meine Post durch.

11. Runde: Starlight schaltet durch.

„Was kaufen wir denn eigentlich ein?", fragt mich Starlight, während ich unseren Škoda ausparke. „Ja, so Zeug zum Knabbern und alles, was ich halt für morgen zum Kochen brauche", antworte ich ihr. „Welche Autos hast du denn schon gehabt?", fragt mich Starlight. Natürlich weiß sie es, aber sie will es ganz einfach noch einmal hören, wie ein Kind, das den Vater auf dem Weg zum Angeln immer wieder fragt, welche kapitalen Hechte er schon aus den Tiefen geholt hat. „Zuerst hab ich von meinem Opa, also von deinem Uropa, einen Ford Taunus geschenkt bekommen. Das war ein 2,0 Liter, also ein ziemlich dickes Tier, in Flaschengrün, metallic. Nachher hab ich einen 200er Benz gehabt, einen Benziner, in Beige." „In dem bin ich als Baby immer eingeschlafen, stimmt's?", fragt sie sehr zufrieden nach. „Stimmt", antworte ich ihr. „So einen hätte ich gerne heute wieder!" „In den würden wir aber die Mama nicht reinbringen", antworte ich ihr trocken. „Weil man nie genau weiß, ob er anspringt oder nicht?" „Du hast es erfasst!", gebe ich ihr Recht. „Danach haben wir für kurze Zeit einen Golf gehabt", spreche ich weiter. „Den mag ich nicht!", protestiert sie. „Ich mag ihn auch nicht. Obgleich der Golf ja noch bei weitem nicht so schlimm ist wie die Golf-Fahrer." „Die Golf-Fahrer sind die FC Bayern-Fans vom Fußball!", macht Starlight einen ziemlich gelungenen Vergleich, auf den ich gar nicht so unstolz bin. „Und dann haben wir schon den Opel gekauft, oder?", fragt sie nach. „Genau. Der rote Opel Kadett. War zwar eine ziemliche Prolo-Schüssel, aber auch sehr lustig zum Fahren." „Der hat aber mehr PS gehabt als unser Skodi, oder?" „Ja", antworte ich ihr. „Und einen geilen Auspuff!" Ich nicke. „Das war eine Sebring

Endstufe, die war schon lustig. Wenn wir da an der Kreuzung Gas gegeben haben, war das ziemlich laut." „Coool", antwortet sie mir, wieder mit dem langgezogenen „u". „So eine Endstufe, oder wie das heißt, die hätte ich auch gerne auf unserem Skodi", antwortet sie mir. „Na, sooo langsam sind wir mit unserem Fabia aber auch nicht", kontere ich, und wie zum Beweis schere ich aus dem Stau aus und drücke auf die Tube, damit wir noch beim letzten Grünblinker über die Kreuzung huschen können.

„Papa?" „Ja?" „Früher habe ich schalten dürfen, darf ich das heute wieder, eh nur bis zum Einkaufszentrum." Das mit dem Schalten muss schon ungefähr ein Jahr her sein. Ich weiß nicht mehr, wie ich auf die irre Idee gekommen bin, meine Tochter schalten zu lassen, noch dazu hätte sie damals, unter 12 Jahren, gar nicht vorne sitzen dürfen, aber manchmal weiß man, dass man zur Zeit einen Schutzengel hat und einem einfach nichts passieren kann. „Warum willst du schalten?", frage ich ziemlich bescheuert nach. „Weil heute der Niki gestorben ist", bekomme ich prompt die richtige Antwort. „Also dann!", antworte ich ihr, steige auf die Kupplung und gebe den Schaltknüppel frei. „In die Zweite! In die Dritte ... in die Vierte." Der Himmel reißt auf und die späte Nachmittagssonne lässt die nassen Straßen im weichen, gelben Licht erstrahlen. Ich blinzle und bemerke, dass die Sonne einen orangen Film auf meiner Netzhaut hinterlässt. „Jetzt zurück in die Dritte ... Zweite ... Erste ... und Zielflagge!", antworte ich ihr, gebe meine Hand wieder auf den Schaltknüppel, blinke und biege zur Tiefgarage ab.
„Das war jetzt ziemlich cool", antwortet mir Starlight. Ich sage nichts drauf, sondern fahre auf das zweite Parkdeck. „Wenn ich

die Matura habe, bekomme ich einen Mini, oder?", fragt sie nach. „Stimmt", antworte ich. „Hast du gewusst, dass dem Niki sein erstes Auto auch ein Mini Cooper war?" „Hey geil!", antwortet sie mir, schnallt ihren Scooter auf, geht in die Hocke und fährt eine ziemlich elegante Runde um mich. „Warum heißt denn der Mini eigentlich Cooper?", fragt sie nach. „Ich weiß nicht so genau. Ich glaub, so hat der Konstrukteur damals geheißen, also der, der ihn entworfen hat." „Echt?" „Ja, und die erste Skizze vom Mini hat er einfach auf eine Tischdecke gekritzelt. So muss der Mini ausschauen, hat er sich gedacht. Da ist einer irgendwie ganz nah an eine Wahrheit geraten, so ein Geistesblitz hat den erwischt, und hat diese Wahrheit ganz schnell umsetzen müssen, sonst kritzelt man ja nichts auf eine Tischdecke. Genial, oder?" „Und heute nennt man nichts mehr nach einem Konstrukteur?" „Nein, das überlässt man den Werbefuzzis, die sich bekackte Namen ausdenken", antworte ich ihr. Plötzlich beginnt Starlight aus vollem Halse zu lachen, ich liebe ihr hemmungsloses Lachen, es strahlt so viel positive Energie aus. Ich schau Starlight an und warte auf eine Begründung, warum sie lacht. „Franz Cooper!", schreit sie laut, dass es nur so durch das Parkdeck hallt. „Franz Cooper!" schreit sie ein zweites Mal und gackert nochmals drauf los. „Stell dir vor, das Auto heißt Franz Cooper! Oder Sepp Opel!" Wenn nun Mr. Cooper mit Vornamen Francis heißen würde, das wäre nun wirklich perfekt.

12. Runde: Nur ein Ferrari ist röter als Fleisch.

Vorbei am Brot und an den Gemüsevitrinen gehe ich zielstrebig auf die Fleischbank zu. Dort steht mein Metzger. Mit dem habe ich eine gewisse Fußballbekanntschaft aufgebaut, außerdem hat er frühmorgens einige Grazer Innenstadtlokale beliefert, als er noch selbstständig war, und so auch die Grazer Dichterszene kennen gelernt.

„Bitte, Meister!“, fragt er mich. „Drei Schweinskarrees, oder gib mir lieber vier, so zum Schnellabbraten“, gebe ich meine Bestellung auf. „Und der Niki fahrt im Himmel weiter“, fängt er ganz unverhohlen das Gespräch an, und ich bin ziemlich erleichtert, dass nicht ich den ersten Schritt machen muss. „Wo sind denn die Boxen, in den Wolken vermutlich“, antworte ich. „Und jetzt haben sie ja wirklich noch einen Wirbel mit den Stammzellen!“, antwortet er mir, während er das Fleisch auf die Waage legt. „Echt wahr?“, frage ich nach. „In meiner Pause hab ich Radio gehört. Diese Zellen leben ja weiter. Meinst, dass das gut ist?“ „Vielleicht sollte man die Zellen fragen?“, antworte ich und muss selber lachen. Starlight hätte vermutlich auch gelacht, aber sie schwirrt gerade durch das ganze Einkaufszentrum. „Die Dichter sind immer die Lustigsten. Die Stammzellen fragen ... ! Die Katholen haben schon ihre Meinung dazu abgegeben. Sofort töten, die Stammzellen. Töten nicht direkt, aber es kommt aufs Gleiche raus“, antwortet er mir. „Töten und Katholen, das passt nicht ganz zusammen, oder, Dichter?“, fragt er nach, während er mir das Fleischsackerl über die Bank reicht und mir in die Augen schaut. „Die Familie wird schon wissen, was richtig ist, und nebenbei haben wir ja Gesetze, oder?“, antworte ich ihm. „Ja die Gesetze ... “, raunzt er und winkt ab. Ich will darauf noch was sagen, aber in dem Moment kommt ein neuer Kunde, also verabschiede ich mich mit einem Nicken.

Starlight ist nicht neben mir, was zumindest den Vorteil hat, dass ich schneller vorankomme. Kartoffeln, den Dreierpack Paprika und einen halben Laib Fladenbrot. Ich weiß nicht genau, ob wir Butter brauchen, aber ich gebe zur Sicherheit eine in den Einkaufswagen. Ebenso nehme ich eine Packung Filterkaffee mit, der Eduscho ist gerade als Doppelpack im Angebot, also greife ich zu. Es ist sonderbar wenig los heute. Ich glaube, die Leute müssen sparen, weil es auf den Ersten zugeht. Kann schon sein, denke ich mir, vielleicht sitzen sie aber alle bereits vor der Glotze und wollen Nikis Stammzellen sehen. Ich beuge mich zu den Tomatensaucen hinunter. Sie sind immer im untersten Regal, weil sie fast schon ein Grundnahrungsmittel sind und so nicht im Blickfang der Kunden sein müssen. Ich nehme ein Packerl Parmalat-Tomatensauce, zu Ehren Nikis. Dann noch Erdnusssnips und eine Flasche Eistee light von Pfanner. Die Haarnadelkurve zwischen dem Bier und den Tiefkühlprodukten nehme ich ziemlich galant und ertappe mich dabei, wie ich in der geilen Geraden, von der man in den Kassenbereich abbiegt, alle anderen Einkaufswagen überhole. Das habe ich ja als Kind auch immer gemacht! Die lustigsten Autorennen waren doch immer die, wo man gegen den ganzen Supermarkt Rennen gefahren ist, und keiner hat davon etwas gewusst!

So, und da steht nun Starlight beim Kinderspielzeug. Ich hätte es erahnen können, natürlich schaut sie sich durch die Matchboxautos! „Und?“, frage ich nach. „Ich schau ja nur ...“, antwortet sie mir. Das ‚Ja’ beinhaltet im Grunde schon ihre Kapitulation vor „Vater Gnadenlos“. Normal kommt ein zweites blödes ‚Und jetzt?’ von mir, aber momentan tut sie mir voll leid. Ich kann das nicht erklären, aber ist es wirklich so schlimm, einen Scheiß zu kaufen?

Ich schnappe einfach den erstbesten Ferrari von der Stange, ich glaube es ist Kimi Räikkönens Bolide, und stecke ihn in das kleine Abteil im Einkaufswagen. So komme ich mit den verschiedenen Rechnungen nicht durcheinander. Sie schenkt mir einen überraschten Blick. „Du kaufst mir den?!" Ich nicke, und wir gehen zur Kasse. „Hey, geil, dann können wir Autorennen spielen, so wie du es gemacht hast!", jubelt sie. Dass ich einige Rennautos mehr für das Spiel gehabt habe, lasse ich zur Sicherheit unerwähnt, weil ich einfach jetzt schon weiß, dass der Ferrari ab übermorgen unweigerlich Staub anlegt. Auch schon egal, denke ich mir und zahle den Rennwagen gleich als erstes.

Die Kassenfrau scheint von Nikis Tod noch nichts zu wissen, zumindest rechnet sie das Auto ab, ohne mit der Wimper zu zucken. Gleich nach dem Zahlen schnappt sich Clarissa das Auto. „Darf ich gleich auspacken?", fragt sie nach, und ich nicke. Ich stecke das Essen in den Rucksack, während Starlight auf der Ablage sitzt und den Ferrari abcheckt. „Wenn ich mit dem in die Kurven fahre, quietschen die Räder gar nicht!", antwortet sie mir euphorisch. „Wenn du Lust hast, können wir zu Hause auch wieder einmal die Carrera aufbauen." „Hey geil, heute noch?!" „Das geht sich mit der Zeit nicht mehr aus. Aber morgen, wenn du mich erinnerst, machen wir es bestimmt", antworte ich ihr in der Gewissheit, dass der morgige Tag vom heutigen nichts weiß, und die Carrera im Schrankraum zurückbleiben wird.

13. Runde: Formel 1-Boliden haben keine Hupe.

Wir stecken gerade auf der Linksabbiegespur zum Bahnhof fest. Wie immer ist die Zufahrtsstraße hoffnungslos verstopft. Ich klappere mit meinen Fingern auf das Lenkrad. Es ist gleich halb sieben, und ich möchte Manuela nicht warten lassen. Im CD-Player laufen gerade Pulp, als sich der Verkehrsfunk einschaltet. „Hier ist das Hitradio Ö3 und das schnellste Verkehrsservice Österreichs mit Heidrun Braun. Heidrun, bitte!“, wird die Sprecherin einmoderiert. „Zähflüssiger Verkehr auf der A4 bei der Autobahnabfahrt Wien/Schwechat. Rechnen Sie mit einer Verspätung von einer halben Stunde. Das Ausweichen über die B9 ist ebenso erschwert, da sie auf Grund von Straßenbauarbeiten nur einspurig befahrbar ist. Die Flughafenadministration empfiehlt Flugreisenden, die Anreise mit dem PKW zu vermeiden und auf die City Airport Train umzusteigen. Der Office Park am Flughafenareal Wien/Schwechat sowie das Office Fly Niki bitten, von weiteren Kranzniederlegungen und Trauerkundgebungen vor der Fly Niki-Zentrale Abstand zu nehmen. A 9 Phyrnautobahn: Der Bosrucktunnel ist wegen Reinigungsarbeiten vorübergehend gesperrt. Der Verkehr wird in beide Richtungen eine halbe Stunde angehalten. Der ÖAMTC und der ARBÖ bitten, das laut Internetaufruf um Punkt 19:00 Uhr geplante österreichweite Hupkonzert ‚In Memoriam Niki Lauda’ zu unterlassen, da es zu Panikreaktionen bei Autofahrern, Fußgängern und Tieren kommen kann.“

Wie aus Trotz hören wir wirklich ein paar vereinzelte Hupsignale, ein LKW auf der Nebenfahrbahn hupt sogar zwei Mal. „Wir auch!“, ruft Clarissa. Ich zögere. „Jetzt ist es zu spät“, antworte ich ihr. „Schade. Fahren wir zum Flughafen?“, fragt Starlight nach. „Bis wir kommen, ist schon alles vorbei“, antworte ich ihr, obgleich ich mir da gar nicht mehr so sicher bin. Immerhin hätte ich mit dem, was jetzt so abgeht, auch nicht gerechnet. „Fahren wir zu unserem Flughafen, vielleicht ist da auch was los?“ Ich schüttle den Kopf. „Erstens glaub ich nicht, dass bei uns was los ist, vergiss nicht, wie lasch die Grazer auf Spontanevents reagieren. Zweitens holen wir jetzt die Mama ab, drittens schauen wir dann die Nachrichten und fahren mit deinem neuen Ferrari Autorennen, vielleicht ist ja auch ein Niki-Rückblick in der Glotze und viertens fällt mir nichts mehr dazu ein.“ „Aber hupen werden wir schon, oder?“ „Hupen werden wir! Darauf können die ganzen Verkehrskasperln Gift nehmen.“

„Was habt's denn ihr da alles eingekauft?“, fragt Manuela, während ich ihren Koffer in den Kofferraum gebe und sie den halb geöffneten Rucksack, oben bedeckt mit Snips und Süßigkeiten, sieht. „Ist heute am Abend Fußball?“, fragt sie mit einer leicht säuerlichen Stimme nach, weil Fußballabende nicht unbedingt ihr Fall sind. „Nein, Niki Lauda ist gestorben“, antworte ich und schlage den Kofferraum zu. „Und das müssen wir feiern?“, fragt sie irritiert nach. „Nein, feiern nicht wirklich“, antworte ich ihr. „Wir halten Andacht.“ Darauf beginne ich fast zu lachen und setze nochmals nach: „Wir sind seiner eingedenk“. „Wenn's weiter nichts ist, dann fahr bitte los, weil mir ist kalt!“ Wir fahren und verlieren kein Wort mehr über Niki. Ich schaue auf die Uhr, es ist kurz vor sieben. „Du weißt schon, wie spät es ist?“, fragt mich Clarissa und ich nicke. „Warum?“, will Manuela wissen. „Weil um sieben Uhr ganz Österreich hupt, weil heute Niki gestorben ist.“ Manuela greift sich an den Kopf und lacht. „Also ganz dicht seid's ihr nicht, oder?" „Nein", antworte ich, „das haben wir auch nie behauptet. Wir sind einfach die, die jede Scheiße mitmachen." Kurz bevor es grün wird, schneidet noch ein Polizeiauto in die Kreuzung hinein, gerade so, dass wir nun Stoßstange an Stoßstange die Keplerstraße entlang fahren. „So, und die Huperei um 19:00 Uhr ist gestrichen!", sagt mir Manuela das, was mir vor einigen Sekunden selber schon bewusst geworden ist. „Hm ...", antworte ich, wie aus Trotz, obgleich mir klar ist, dass ich gegen das Argument ‚Einsatzfahrzeug!' mit dem kollektiven Schwachsinn eines Hupkonzerts äußerst schlechte Karten in der Hand habe. „Und warum dürfen wir nicht?", bleibt Starlight verständnislos. „Weil im Ortsgebiet Hupen verboten ist und vor uns die Polizei fährt. Die glaubt ja, wir sind alle rauschig!" „Dann biegen wir halt ab!", bringt Clarissa einen so simplen sowie sensationellen Vorschlag ein. „Bitte, ich will nach Hause, versteht denn das niemand?" Es ist zwei Minuten vor sieben und vor uns ist noch immer die lästige Bullerei. Langsam frage ich mich, ob das die neue Art der Verfolgung ist, einfach vor statt hinter einem Auto zu fahren.

Die Ampel schaltet gerade auf Grün, da spricht Manu das erlösende Machtwort. „Dann bieg halt ab, um Herrgottswillen, aber falls wir Strafe zahlen müssen, übernimmst das du!" „Jaaaa!", jubelt Clarissa. „Neeiinn!", rufe ich. „Waaas?!", schimpft Clarissa. „Ich meine ja nur, nein, ich will keine Strafe zahlen." Starlight atmet durch, und ich biege auf den Lendplatz ab und stelle beruhigt fest, dass sich die Polizei mit ihrem Kombi von uns entfernt. Schon wieder gerät der Verkehr ins Stocken. „Clarissa mach bitte das Fenster auf, ich will wissen, ob wir die einzigen Idioten sind, die um 19:00

Uhr hupen", fordert Manuela sie auf. Clarissa und ich kurbeln zeitgleich die Fenster hinunter. „Wirst schon sehen, da machen andere auch mit!", antwortet sie. „Ich zähl dann die Sekunden hinunter, ab zehn Sekunden vor sieben Uhr." „Ihr führt's euch ja ärger auf als zu Silvester!", scherzt Manuela und ich spüre, dass sie an der ganzen Aktion doch Gefallen findet. „Zehn, neun, acht, sieben, sechs, fünf, vier, drei, zwei, eins, und hupen!" Ich hupe drauf los, ein Mal lang, drei Mal kurz. Während der Abstände beim Kurzhupen war es mir so, als hätte ich auch andere hupen gehört. Nach unserer Hupattacke höre ich jedoch kein Gedudel und Getröte mehr. „Da war aber nicht viel los", stellt Manuela fest. „Weil wir in Graz sind", antworte ich ihr frustriert. „So genau kann man das nicht sagen. Weil wir waren ja auch laut, so haben wir sicher nicht alles gehört", versucht Starlight die Stadt in Schutz zu nehmen. Ich will gerade mein Fenster rauflassen, da hupt der Lenker zu meiner Linken und lächelt mir zu. „Auf'n Niki!", brüllt er und gibt Gas. Ein schwarzer 911er Carrera, der sich binnen Sekunden in seine roten Hinterlichter auflöst. Der Rest des Autos verliert sich in der Nacht. Wir biegen gemächlich ab.

14. Runde: Wir sehen alles – was man uns zeigt.

Ich stelle uns noch die Schüssel Erdnussflocken auf den Tisch, Starlight bringt das Cola light hinein. Wir setzen uns vor die Glotze. Wir sind einige Minuten zu früh. Starlight zappt durch die Kanäle. „Halt, schalt zurück!", fordere ich sie auf. Im RTL Newsblock ist Niki im Bild. „Hey, cooool!" meint Starlight. Ich deute ihr still zu sein. Eine Kurzzusammenfassung seiner Vita und die üblichen Bilder. Die Moderatorin meint, „der in Österreich geborene Niki

Lauda" und schwafelt ihre eingelernten Sätze runter. In keinem einzigen Satz kommt ab nun „Österreich" vor. Als ob er Deutscher wäre!, ärgere ich mich noch eingangs, muss mir aber eingestehen, dass meine Missstimmung total lächerlich ist. Ein wahrer österreichischer Promi ist der Kerl, bei dem die Deutschen vergessen, wo er her ist, denke ich mir. Ich schalte zurück auf ORF 2. Ich beobachte durch die Verspiegelung des Fernsehers Manuela und Starlight. Alle drei glotzen wir in das Bild. Eigentlich fantastisch, wie die Affen vor dem Wasserfall warten wir gebannt auf die Nachrichten. War das so, als John F. Kennedy gestorben ist, sind da alle Menschen vor der Glotze gesessen? War das so ein großes „Come Together"? In mir macht sich ein irritierendes Glücksgefühl breit. Noch bevor ich mir eine Antwort darauf geben kann, kommt mir der Beatles Refrain von „Come Together" in den Sinn, und nun beginnen endlich die Nachrichten.

Zuerst die Aufnahme in der Totalen, dazu der ZIB-Jingle. Auf der linken Seite Ingrid Thurnher, auf der rechten Gerald Gross und in der Mitte Heinz Prüller. Alle drei sind in Schwarz gekleidet. Thurnher und Gross lehnen sich seitlich hinter Prüller zurück und diskutieren, Prüller sitzt steif wie eine Wachsfigur in der Mitte. Die Headline „Niki Lauda ist tot!" ragt uns in bedrohlich großen Lettern als Bildtext entgegen. Üblicherweise werden drei unterschiedliche Themen eingeblendet, heute nur eines: Niki Lauda ist tot. Alle drei sind wir mucksmäuschenstill, eine überraschende Betroffenheit macht sich breit, als ob erst die Abendnachrichten die Geschehnisse des Tages bestätigen müssten. Doch das Bild entpuppt sich als äußerst kurzweilig. Plötzlich wird noch ein Werbeblock zwischengeschaltet. Eine Fruchtsaftwerbung: Gewinnen

Sie ein Wochenende zum Skiopener nach Ischgl. Eine Bank: Was wären die großen Erfolge ohne die kleinen, ein kleiner Junge erklimmt eine Steinmauer, dazu Edward Elgars „Land of Hope and Glory". Eine Großhandelskette: Ein steirischer Obstbauer geht durch seine Apfelhaine. Im besten Bauernhochdeutsch versucht er, seine Äpfel anzupreisen. Aber der Bauer soll ja ein bisschen gespreizt auftreten, dann schmecken ja seine Äpfel besonders gut, oder? Ich will schon wegschalten, aber meine Frau zupft mir die Fernbedienung aus der Hand.

Ich habe bereits Thurnhers rauchige Stimme im Ohr, die immer so klingt, als hätte sie ein Achterl schweren Bordeaux zu viel intus: „Sehr geehrte Damen und Herren, willkommen bei der ZIB 1." Aber dem ist nicht so. Zuerst kommt die Weltkugel mit dem ORF-Logo. Und schon kommen ohne weitere Begrüßung die Themenblöcke.

15. Runde: Stallduell zwischen Thurnher und Gross!

Ingrid Thurnher: „Das Leben von Niki Lauda. Eine österreichische Karriere. Dazu auch ein Studiobeitrag unseres Formel 1-Moderators Heinz Prüller."
Gerald Gross: „Flying high! Vom Industriellenspross zum österreichischen Fluglinienpionier".
Ingrid Thurnher: „Das Schicksal Niki Lauda: Vom Nürburgring-Crash bis zur Flugkatastrophe des Lauda Air-Flugs 004 in Thailand – eine Analyse."
Gerald Gross: „Offizielle Stimmen aus der österreichischen Politik. Bundespräsident Heinz Fischer und Bundeskanzler Alfred

Gusenbauer übereinstimmend: Eine österreichische Institution ist von uns gegangen. Momentaufnahmen: Trauerszenen in Österreich, sowie die Spekulation über Laudas Todesursache. Familie und Ärzte schweigen beharrlich."
Ingrid Thurnher: „Und wie sind die Reaktionen außerhalb von Österreich? Ferrari hisst die schwarze Flagge und Ex-Formel 1-Weltmeister Alain Prost vermisst seinen ehemaligen Teamkollegen. Grüß Gott, meine Damen und Herren, willkommen bei der ZIB 1."

16. Runde: Heinz Prüller in Führung, Achsenbruch!

Puh, da bin ich aber beruhigt. Begrüßt hat uns die Lady also doch noch.
Turnher spricht so rasant drauf los, als müsste sie jeden Moment Pipi machen, im Hintergrund das Bild von Good Old Niki: „Der dreifache Formel 1-Weltmeister und Fluglinienbesitzer Andreas Nikolaus Lauda ist tot. Das hat heute seine Familie um acht Uhr elf der Austria Presseagentur bekannt gegeben."

Thurnher ist aus dem Bild, und der Bericht zeigt ein Leben im Zeitraffer. Kurz ein Bild aus Nikis Kindheit, wie er in einem handgestrickten Pullover vor einem Berg steht und einen Sattel in der Hand hält. Man kann seine Augen nicht sehen, da die Sonne sehr harte Schatten wirft. Dafür leuchtet aber sein Vorbiss so richtig schön aus dem Bild. Dazu fällt mir meine Großmutter ein, die sich permanent aufgeregt hat, dass Niki sich nicht die Zähne richten lässt, obwohl er eh so viel Geld hat! Dann ein Schwarzweiß-Foto mit seinem Mini Cooper, Niki steht erstmals auf dem Podest, ein zweiter Platz im Bergrennen von Mühllacken 1968. Starlight stößt mich am Bein. „Schau, voll süß, der Mini!" Jetzt kommen die berühmten Bilder. 1974, erster Sieg auf Ferrari, 1975 Weltmeister und 1976 Totalcrash auf dem Nürburgring. Das war im Grunde das Highlight und ließ die Pelzmanteldiva Jochen Rindt in Vergessenheit geraten. „Da war ich noch nicht einmal zwei Jahre alt", sinniert Manu. Starlight meint „Wäh, das Gesicht, voll schiach, schau! Voll die Hautfetzen!", und ich frag mich, ob die Rechteinhaber der Filme heute noch abzocken oder ob das Material fix eingekauft worden ist. Heute Abend würden sie damit sicher gut verdienen. Dann sieht man Niki in eine Fokker steigen und winken. Nikis erster Flug mit der eigenen Fluglinie.

Jetzt übernimmt erstmals Gerald Gross die Moderation und bittet Heinz Prüller um ein kurzes Niki Lauda-Portrait. Prüller: „Kein anderer Sportler der Nachkriegszeit hat Österreich so in den Bann gezogen wie Niki Lauda. Mit drei Formel 1-Weltmeistertiteln hat er Sportgeschichte geschrieben. Aber auch sein verheerender Unfall am 1. August 1976 am Nürburgring, in der Nordschleife, der „Grünen Hölle", wie sie unter Fans seit dem schrecklichen Unfall heißt, der ihn fast sein Leben kostete, wird uns immer in schrecklicher Erinnerung bleiben. Grandios, das Formel 1-Comeback, als er 1982 in die Formel 1 zurückgekehrt ist und 1984 sein Comeback auf McLaren mit seinem dritten Weltmeistertitel krönte. Aber auch danach blieb er dem Motorsport erhalten, und Österreich erlebte dank Niki eine einmalige Imagewerbung, denn Niki war zwar auf der ganzen Welt zu Hause, aber tief im Herzen immer ein Österreicher." Während Prüller quatscht, merkt man, wie seine Augen wässrig werden, kleine Äderchen aufplatzen und seine

Kollegen neben ihm langsam in Panik geraten, ob Prüller seinen Kommentar noch durchsteht. „Er war auch immer den Fahrern ein Ansprechpartner, den Teams ein Berater, und seine Analysen wurden immer wieder von nationalen und internationalen Medien abgedruckt. Noch vor zwei Wochen hat er mich maßlos aufgezogen und wieder einmal als Volltrottel hingestellt, aber dann bin ich mit Niki nach Barcelona geflogen, dort hat er mir gesagt, dass er erst jetzt sein Leben so richtig genießen kann und hat mir eine Uhr, diese Uhr – ". Jetzt bekommt Prüller einen Aussetzer, hält zuerst sein Handgelenk mit einer Fly Niki-Merchandising Uhr zitternd in die Kamera, schaut dann selbst mit einem Silberblick wie ein altersschwacher Bernhardiner in die Kamera und bringt kein Wort mehr raus. Man sieht, wie sein Hals zittert. „Danke Niki!", röchelt er, und aus.

17. Runde: Gross lässt nicht locker!

Sofort kommt Gerald Gross durch die zweite Kamera ins Bild. Er hat nicht bemerkt, dass er bereits auf Sendung ist. Sein Kopf ist noch in Richtung Regie gerichtet, sein Kehlkopf bewegt sich angestrengt unter dem Krawattenknopf, Gross schluckt, erst Momente später richtet er seinen Blick in die Kamera. „Danke, Heinz Prüller, für diese verwegenen Worte", und übernimmt so Prüllers Abmoderation. Prüller ist nicht mehr im Bild, es würde mich nicht wundern, wenn er mittlerweile nur noch ein Häuferl Elend wäre. Gross macht nun den Wirtschaftsblock. „Auch in der Wirtschaft war Lauda eine treibende Kraft: Von der Lauda Air, die mit zwei Fokker 27 im Bedarfsfluggeschäft begann, über den ewigen Zank mit der AUA bis zur Fly Niki – eine turbulente Bilanz", leitet Gross seinen eigentlichen Bericht ein. Man sieht Niki, wie er aus dem knallroten Formel 1-Cockpit steigt, sich seine Asbestmaske vom Kopf runterzieht, sie auf den Boliden wirft und weggeht. Dazu Niki im O-Ton: „Mir ist in Runde 17 gekommen, dass ich überhaupt keine Lust mehr verspüre, deppert im Kreis zu fahren." Ich muss lachen, der Satz ist einfach geil. Im nächsten Bild sieht man Niki, wie er mit Bruno Kreisky bei einer Flugzeugweihe eine Flasche Schampus auf die Schnauze der Fokker knallt. Kreisky lächelt milde, er hat ja für Niki trotz des Flugmonopols der AUA die Schleusen geöffnet. Schnitt.

Jetzt, Niki in einer alten ZIB: Alle Bilder schauen komisch weit entfernt und sonderbar hellblau aus. Auf dem Moderatorenpult steht ein Mikro, und man macht die Sendung ohne Partner. Lauda im O-Ton: „Der Versuch, die Lauda Air weiter auszubauen, scheitert aufgrund der Monopolstellung des österreichischen National Carriers Austrian Airlines! Wenn du immer gegen einen Goliath kämpfst, bei dem egal ist, ob er einen Fehler macht oder nicht, weil dem eh wieder das Geld in den A reingeschoben wird, dann hast du schlussendlich keine Chance. Und die Lust fehlt dir dann auch." Bum, das sitzt. Ein kurzer Zwischenschnitt mit der gesamten Lauda-Flotte, 1988 ein ausgelegter Teppich bei der Lauda Air-Erstlandung in Australien, Österreichs erster Überseeflug, jetzt im Bild nun mit Do&Co-Chef Attila Dogudan, wie sie den Gästen Schrimps und Champagner reichen. Im nächsten Bild eine kurze Szene aus der Pressekonferenz mit der Lufthansa, jetzt sieht man ihn bereits die erste Fly Niki besteigen, wie er sein Kapperl hebt und aus der Ausstiegsluke winkt.

18. Runde: Thurnher mit Getriebeproblemen. Die falsche Benzinmischung?

Ingrid Thurnher räuspert sich. „Pardon!“ Bilde ich mir das nur ein, oder hat die nun auch schon leicht rötliche Augen bekommen? „Das Schicksal Niki Lauda: Nicht sein Crash am Nürnbergring, Pardon, Nürburgring, sondern die Flugkatastrophe des Lauda Air Flugs 004, einer Boeing 767 namens „Mozart“, über Thailand nannte Niki Lauda seinen größten Schicksalsschlag. Eine bis dato in der Luftfahrt noch nie aufgetretene Schubumkehr am linken Triebwerk löste das Unglück aus. Alle 223 Passagiere und die zehn Besatzungsmitglieder kamen dabei ums Leben. Es ist die bis heute größte Katastrophe in der zivilen Luftfahrtsgeschichte Österreichs – eine Analyse.“

Das Bild ist stimmig. Der dunkelblaue Himmel und das lodernde Flugzeug, das hat doch eine Ästhetik. Daneben die Thais, die wie Ameisen durch den Busch krabbeln. Jetzt ist es Tag. Niki live. Vor Ort, nur im Bild, kein Interview. 48 Stunden später am Wiener Flughafen, sichtlich gezeichnet. „Niki Lauda kämpfte mit unheimlicher Beharrlichkeit für die Aufklärung des Absturzes. Schlussendlich stellte sich heraus, dass weder ein Piloten- noch ein Wartungsfehler, sondern ein Defekt in der Bordsoftware die Schubumkehr im linken Triebwerk und so das Unglück auslöste.“

19. Runde: Zita von Bourbon-Parma vor Luca Montezemolo!

Kurzberichte:
Gerald Gross: „Offizielle Stimmen aus der österreichischen Politik. Bundespräsident Heinz Fischer und Bundeskanzler Alfred Gusenbauer. Heinz Fischer: ‚Abschied von uns hat eine österreichische Institution genommen.' Alfred Gusenbauer: ‚Eine österreichische Institution hat von uns Abschied genommen.'"

Ingrid Thurnher: „Jeweils ein Flugzeug der Flotten von Lauda Air und Fly Niki wurden am Flughafen Wien/Schwechat mit einem Trauerflor versehen. Eine Trauerminute in der Luft sowie schwarze Trauerbinden der Flugkapitäne stehen als Zeichen für die große Anteilnahme der österreichischen Luftfahrt." Und jetzt lächelt Clarissa. Wir waren dabei. Immerhin. Das haben wir mitgemacht!

Gerald Gross: „Einfühlsames trifft mitunter Kurioses: Eine spontane Kranzniederlegung gab es vor dem Geburtshaus von Niki Lauda in Wien-Pötzleinsdorf sowie vor der Fly Niki-Zentrale am Flughafen Wien/Schwechat. Ein Verkehrszusammenbruch bei der Autobahnausfahrt zum Flughafen war die Folge. Für Aufsehen sorgte auch ein Aufruf im Internet, ein Hupkonzert zu Ehren des Rennfahrers Niki Lauda zu veranstalten, an dem um Punkt 19:00 Uhr unzählige Autofahrer teilnahmen."

Ingrid Thurnher: „Ein österreichisches Printmedium fordert sogar einen Leichenzug von der Wiener City bis hin zum Zentralfriedhof. Eingesetzt soll dabei der legendäre Leichenwagen aus der k.u.k. Monarchie werden, mit dem zuletzt die letzte Kaiserin der Monarchie, Zita von Bourbon-Parma, beigesetzt wurde. Otto von Habsburg kann sich mit dieser Idee nur schwer anfreunden: ‚Heute ein Autorennfahrer und morgen gar ein Fußballer! Wo kommen wir da hin!' Der Wiener Bürgermeister Michael Häupl stellt sich ebenfalls gegen das Mischen von Traditionen. ‚Es würde wenig Sinn machen, verschiedene Traditionen miteinander zu vermischen', so Häupl im ORF Mittagsjournal. ‚Das ist wie beim Saufen. Ich trinke auch entweder Bier oder Wein', betont jedoch, dass der Leichenwagen Eigentum der Republik sei und sich Otto von Habsburg mit seinen unqualifizierten Aussagen putzen könne. Am Zentralfriedhof werde es aber selbstverständlich ein Ehrengrab und ein Zeremoniell geben, welches dem Ausnahmesportler, Industriellen und Partytiger entspreche, so Bürgermeister Michael Häupl im Mittagsjournal."

Gerald Gross: „Und wie sind die Reaktionen außerhalb von Österreich? Auch Ferrari hisst die schwarze Flagge auf seinem Stammsitz in Maranello. ‚Der letzte große Analytiker unter den Autorennfahrern ist von uns gegangen', so Ferrari-Präsident und Lauda-Freund Luca Montezemolo. Ex-Weltmeister Alain Prost vermisst seinen ehemaligen McLaren-Teamkollegen Niki Lauda." Im Bild nun der Lockenkopf Alain Prost, im T-Shirt und am Strand: „Ich werde nie vergessen, wie mich Niki getröstet hat, als er mir 1984 den Weltmeistertitel um einen halben Punkt weggeschnappt hat. Ein Jahr später bin ich ihn aber in Grund und Boden gefahren. Niki ist aber auch da immer super geblieben. Prost!"

20. Runde: Einsamer Spitzenreiter, die Stammzellen.

Ingrid Thurnher: „Über die Todesursache von Niki Lauda ist bis jetzt noch nichts bekannt. Seine Familie weigert sich beharrlich, dazu Stellung zu nehmen. Weder seine Ex-Frau Marlene noch seine zwei Söhne Mathias und Lukas sind zu einer Stellungnahme bereit. Auch Hannes Jagerhofer will dazu nichts sagen." Im Bild das Trainingslager von Sohn Mathias, der gerade Reifentests für die neue Tourenwagen- Meisterschaft macht. Ein Stück Rennstraße, Reifenstapel, gleißende Sonne, dürres Steppengras und ein abgesperrtes Teamlager.

„Weiters sorgen Stammzellen für Aufregung. Niki Lauda hatte als Spätfolge seines Nürburg-Horrorcrashs mit einer Unterfunktion der Nieren zu kämpfen und hatte auch zwei Nierentransplantationen hinter sich. Sicherheitshalber wurden vom AKH in Wien Stammzellen eingefroren." Im Bild nun das Wiener AKH mit einem Primarfuzzi im weißen Kittel. „Wir haben adulte, multipotente Stammzellen, also Stammzellen aus dem Hautgewebe von Herrn Lauda, eingefroren, das ist richtig. Sie dienten einfach zur Vorsorge, da ja seine Haut im Gesichts- und Schädelbereich tatsächlich angegriffen war." Jetzt zeigen sie einen Tiefkühlraum, während man dem Oberfuzzi die Frage stellt, ob nun Herr Lauda geklont werden könne. „Nein, auf keinen Fall. Da es sich ja um keine embryonalen Stammzellen handelt, wäre das nach den heutzutage angewendeten wissenschaftlichen Methoden auch rein theoretisch nicht möglich." Jetzt schwafeln sie irgendeinen Scheiß über das Embryonenschutzgesetz, zeigen schon wieder das berühmte geklonte Schaf Dolly, und ich muss schon ziemlich bald aufs WC. Kurz darauf die Katholen im Bild: „Wenn der Stamm nicht mehr steht, haben auch die Zellen nichts mehr im Leben verloren!" Hilft nix, ich muss wischeln gehen. Im Rausgehen höre ich noch, wie die katholische Kirche mahnt, dass das Gotteswerk jetzt nicht eingefroren weiterleben darf und in dem Sinne das AKH, die Familie und den Gesetzeshüter auffordert, dem Folge zu leisten.

21. Runde: Fotofinish! Thurnher gewinnt vor Gross!

Ich komme zurück und sehe nur noch die Programmhinweise in der ZIB 1. Jetzt sind wieder Thurnher und Gross zusammen im Bild. Der Platz zwischen ihnen ist erwartungsgemäß verwaist, man hat sogar Prüllers Stuhl weggeräumt. Thurnher moderiert an. „Die vorgesehenen Themen der ZIB 1 werden in der ZIB 2 nachgeholt, die Kultur bleibt uns heute zum Glück erspart, Heinzi ist sich einen angluckern gegangen und nach dem Wetter sehen Sie im Sport ein Porträt über Niki Lauda." Gross will übernehmen, aber Thurnher bleibt dran: „Danach sehen Sie noch ein Seitenblicke-Spezial mit den größten gesellschaftlichen Auftritten von Niki Lauda. Wir beide sind morgen wieder in der ZIB 1 für Sie da, für heute verabschieden wir uns, geben Sie noch anständig Gas, aber bleiben Sie bitte immer fair."

Auslaufrunde: Racing across the Kinderzimmer.

Clarissa steht auf und geht in ihr Zimmer. Manuela fragt mich, ob ich den Sportteil auch noch sehen will. Ich verneine. Sie zappt durch die Programme. Kurz taucht immer wieder Nikis Kopf auf.

Immer sein rotes Kapperl. Meistens hat er beige Sakkos an, komme ich drauf. Mich würde es nicht wundern, wenn ich von diesem Herrn heute Nacht träume. „Schon komisch, was?“, fragt Manu nach. „Was ist komisch?“ „Ja das mit dem Lauda“, antwortet sie mir. „Hat eh ein ziemlich lässiges Leben gehabt“, antworte ich und weiß noch im selben Moment, dass ich einen Scheiß über sein Leben weiß. „Und jetzt ist er weg!“, lege ich noch einmal nach. „Du bist so blöd! Mit dir kann man nicht ernsthaft diskutieren!“ Ich muss lachen. „Weißt du eigentlich, welchen Witz man gemacht hat, nachdem die Lauda Air abgestürzt ist?“ „Geh bitte, lass mich mit deinen Witzen in Ruhe, ich hab jetzt wirklich keinen Bock drauf!“ „Warum, war was in Wien los?“ Manuela schaut kurz zu mir, dann wieder in die Glotze. „Nein. Ich bin einfach nur übermüdet. Ich bin seit vier Uhr auf den Beinen.“ „Hab schon geglaubt, es ist etwas passiert“, antworte ich und gehe Clarissa nach, um die Sache mit den Stammzellen ein für alle mal abzuklären. Als ich ihre Zimmertür öffne, staune ich aber nicht schlecht und vergesse alles um mich herum.

Starlight hat am Boden eine Autorennstrecke aufgebaut! „Ich bin Niki Lauda, und wer bist du?“ Hätte gar nicht geglaubt, dass mich die Situation so berührt. Jeder Junge in meiner Kindheit wollte Niki Lauda sein. Alles andere war zweitklassig. „Du bist der Hund, oder wie der heißt.“ „Hant! Hunt mit hartem T schreibt man ihn, und Hant spricht man ihn aus. O.k., dann bin ich James Hunt!“ Starlight legt den letzten Legostein auf, erhebt sich und betrachtet ihr Werk. Sie greift in ihre Schreibtischlade, nimmt ein paar Stifte heraus und legt an der Geraden Rechtecke auf. „Das sind die Boxen!“, klärt sie mich auf, ohne mich dabei anzuschauen. „Die Kurve ist besonders eng, da musst du aufpassen!", sagt sie mir und zeigt mit ihrer Hand auf einc Haarnadelkurve. Ihr Kurs ist überhaupt schön, viele Kurven und nur eine lange Gerade. „Überholen wird man nur auf der langen Geraden können! Dann musst du aber ziemlich stark runterbremsen, weil du sonst die enge Linkskurve nicht mehr packst", gibt sie mir im Formel 1-Jargon Tipps, damit ich nicht gleich in Runde 1 ausscheide. Hinter den Boxen hat sie die Zuschauerrampe von der Carrera-Rennbahn aufgebaut. „Werbetafeln habe ich leider keine, aber gib mal deine Zigarillos her!" Ich gebe ihr meine Schachtel Dannemann und Starlight stellt sie neben dem Ziel auf. „Das ist gleichzeitig die Zieleinfahrt!", antwortet sie mir. „Im Übrigen ist das der große Preis von Monaco, sponsored by ...", setzt ab, greift nach der Zigarillopackung und liest die Marke ab, „der große Preis von Monaco, sponsored by Dannemann!" Ich nicke und höre ihr im Grunde gar nicht mehr richtig zu, weil ich mir längst überlege, wie wir das Rennen überhaupt machen sollen. Es ist alles viel zu eng. „Du nimmst den gelben Wagen und ich den Ferrari!", bestimmt sie und schaut mich erfreut an. Jetzt dreht sie alle Lichter ab und lässt nur das orange eingeschaltet. Es ist alles so wunderschön. Ihr Zimmer, die Rennstrecke, einfach alles strahlt eine sehr starke Wärme aus.

„Was ist los, Papa! Gefällt's dir nicht?!" „Doch, doch!", antworte ich ihr, und als ob ich auf ihr Drängen gewartet hätte, kommt mir die rettende Idee, wie wir doch noch Autorennen spielen können. „Wir müssen im Kreis laufen, um die Rennbahn herum, und mit einer Hand am Boden unsere Boliden festhalten! Weil zu zweit haben wir im Inkreis der Rennstrecke kaum Platz", antworte ich ihr und zeige dabei auf den Mittelpunkt der Rennstrecke. „Gibt's

Regeln?" „Äh, Regeln, ja genau! Wir dürfen nur innen überholen. Man muss den anderen also aus der Bahn drängen!", antworte ich ihr, ohne zu wissen, ob diese Regel Sinn macht. „Na gut, dann los!", ruft sie und setzt sich durch ihren überfallsartigen Startschuss gleich von Anfang an an die Spitze. Ich zögere nicht lange, häng mich gleich dran, denn wenn es ums Gewinnen geht, versuche ich doch, zurückzufighten. Aber Starlight ist sehr flink und wendig. Immer wenn ich überholen will, schafft sie auch schon die Kurve und bleibt in Führung. Wir lachen dabei sehr viel. Kaum berühre ich sie, brüllt sie erneut darauf los. „Wie viel Runden noch, wie viel Runden noch!", tobt Clarissa. „Eine noch!", schreie ich zurück und versuche nochmals, mich in der Geraden an ihr vorbeizuschwindeln, lande aber auf dem Bauch. „Noch einmal! Noch einmal!", schreit sie. „Ich kann nicht mehr, ich bin ganz außer Puste!", antworte ich ihr schnaufend und gebe zu, dass ich durch das buckelige Laufen mein Kreuz spüre. Aber anstatt zu protestieren, bekommt sie einen Lachanfall. „Dein Auto! Dein Auto!" Ich schau unter das Hochbett und sehe, dass sich mein gelber Bolide, den es mir beim Sturz aus der Hand gefetzt hat, in die Bauchfalte ihres Teddys gebohrt hat und nun feststeckt.

Starlight liegt neben der Rennstrecke. Sie hat den Ferrari in der Hand und lässt ihn wie ein Segelflugzeug über ihren Kopf schweben. „Wie glaubst du ist das, wenn man so einen Unfall wie der Niki hat. Kriegt man da alles mit?" „Kommt darauf an", antworte ich ihr und schaue Starlight dabei zu, wie sie den Rennwagen um ihren Kopf kreisen lässt. Jetzt hat er etwas von einem Haifisch, der seine Beute umkreist. „Niki ist vor seinem Unfall zum Reifenwechsel an die Boxen gefahren. Das war das Letzte, was er mitbekommen hat. Das Bewusstsein hat er erst wieder im Spital erlangt. Den Unfall hat er immer verdrängt. Andere bekommen von so was Alpträume. Irgendwie muss das im Kopf aufgearbeitet werden." Jetzt lümmelt sie sich zur Strecke, lässt ihren Boliden auf eine Kurve zurasen. Der Ferrari hebt ab, überschlägt sich ein Mal, ein zweites Mal, und landet wieder auf dem Boden. „Trotzdem muss das total irre sein!", antwortet sie mir. „Was glaubst du ist irrer, dass es dich in der Kurve raushaut, oder dass du gewinnst?!", will ich von ihr wissen. „Jetzt sprichst du mit dem ‚du' im Satz schon wie der Lauda!", antwortet sie mir und lacht. Ich sage nichts darauf, weil ich selber nicht so genau weiß, wie das kommt. „Also, warum interessiert dich gerade der Crash so?", versuche ich es noch einmal. „Du hast ja beim Spielen auch immer Unfälle gebaut!" „Stimmt!", antworte ich, „Ich sag ja nicht, dass das was Schlechtes ist. Also sag mir, warum!" „Ich weiß nicht", antwortet sie, „vielleicht ist das so wie das Leben. Irgendwie kann man das Leben auch nicht steuern, wie man will. Und beim Crash ist das auch so." „Wie meinst du das?" „Ja, so wie ich es dir jetzt grad gesagt hab!", antwortet sie mir und ich merke, dass ihr mein quälendes Nachfragen ziemlich auf die Nerven geht. „Wie bei einem Unfall: Da lenkt man nicht mehr selber und bekommt trotzdem die volle Ladung ab. So wie im wirklichen Leben", versuche ich ihre Erklärung in andere Worte zu fassen. „Stimmt!", antwortet sie mir. Dann lässt Starlight den Boliden fallen, der nun regungslos mitten auf der Ziellinie verharrt.

Vielen Dank ...

... an meinen Vater, der mich zum Fußball führte ... an meine Mutter, die sämtliches GAK-Fan-Zubehör strickte und nähte ... an meine Tochter Clarissa und Wolfgang Kühnelt, die mich nach langer Abstinenz wieder auf den Fußballplatz gebracht haben ... an Kurt Gaulhofer, Alfred Haidacher, Christof Huemer, Wolfgang Mörth und Winfried Schelch, die diese Sucht mit mir teilen ... an meine Frau, die diese Sucht sehr nobel erträgt ... an den Intendanten Harald F. Petermichl, der „die Wüste" nach Bregenz geholt hat ... an den Wüsten-Regisseur Christian Himmelbauer ... an den Wüsten-Hicke Gottfried Neuner ... an Kurt Palm, der in seinem Vorwort das Wesentliche voranstellt ... an Anita Keiper, die sich als Verlegerin den Wahnsinn mit mir antut ... und an alle Menschen, die Freude daran haben, meine Sachen zu lesen und zu sehen!

„Die Wüste lebt" wird am 25. April 2008 im Vorarlberger Landestheater unter der Intendanz von Harald F. Petermichl uraufgeführt. Die Regie übernimmt Christian Himmelbauer. ÖFB-Teamchef Josef Hickersberger wird von Gottfried Neuner dargestellt.

Verlagsprogramm 2008

- Martin G. Wanko:
  Die Wüste lebt
- Oscar Scherzer:
  Unter Hakenkreuz und Trikolore
- Martin G. Wanko:
  Bregenzer Blutspiele
- Christof Huemer:
  Zweifellos

edition keiper
am textzentrum graz
Nikolaiplatz 4/III
A-8020 Graz
T +43(0)316 766 733
F +43(0)316 722 301-30
www.editionkeiper.at

www.editionkeiper.at